皮佐的智者

The Wise Men of Pizzo

弗朗西斯科 M. 马林柯拉 著

Francesco M.Marincola

皮佐的智者

推荐序

　　感谢那些为本书的中文翻译做出贡献的人，他们等同于新读者，完全不知道他们催生了新小说。

　　这本书是一位意大利裔美籍作家的心灵寻根之旅。但是，如果你像我一样，是来自某个不知名小镇的智者，就会发现事情并没有那么简单。

　　本书更可能是一位科学家不务正业的成果。若是能在字里行间发现文化差异和相似之处，那么你将会在平凡人的日常对话中品味不同的哲思，同时你会闻到面向第勒尼安海的迎风露台上的混合香气。

　　这将不仅仅是在意大利南部小城镇皮佐上演的短暂假期和花花公子的回忆录。我不在乎读者是否有冲动搜寻书中所描述的真实世界。重要的是，当我们发现今天的夕阳就像西西弗斯将石头推到山顶时看到的日落一样，我们能勇于为自己安排一项神圣任务，那就是摆脱既定的标签和无用的束缚，将使我们自由。

姚露

致出版社的一封信

我一向坚信我们应该赋予小镇以平等的机会，尤其是意大利南岸的小镇。不妨以陪伴我度过大部分青春时光的皮佐（Pizzo）为例，在方圆五十公里以外，几乎从没有人听说过此地——你必须向陌生人耐心解释皮佐（Pizzo）位于拥有闻名斜塔的比萨（Pisa）城。另外，它也不是比萨（pizza），后者是一种食物。历史学家会声称皮佐在他们的著作中根本不值一提，原因很简单：在其三千年的历史中，除了拿破仑一世时期的元帅若阿尚·缪拉（Joachim Murat）在这里被处决之外，并无任何大事发生，而且刚才提及的这点成就实在太牵强了，很难大书特书。是的，我的确很难对此进行事实上的反驳，但是我想指出，这个出产世界上最好冰激凌的小镇的确发生了一些事情，而且跟其他地方相比，这里的人所选择的是极有尊严的生存方式。

倘使这部小说经由备受尊重的出版社发布，我会证明在被受忽视的小镇里所发生的一些事情，无论是多么的微不足道，也能在宏大图景下赢得精彩的瞬间。我也能有机会报偿皮佐，是它在我时不常的省亲过程中，为一个寂寂无名的城市漫游者重建身份认同。最后，我也希望这部小说的成功出版能够启发即将退休、感觉无事可做的人，或可让他们循此恢复心目中那个小镇的荣光。

弗朗西斯科 M. 马林柯拉

皮佐的智者

目　录

前言

　　我最初构思这个故事的时候，将其命名为："皮佐那些聪明的家伙"（The Wise Guys of Pizzo）。后来我又把它改成了现在的名字，以顺应故事中的人物角色。这些角色一度无所事事，其后却意外地开始了一项从学术角度、系统性探讨和解决生命中一些（如果不是全部）重大难题的神圣任务。不过，读者们在读完本书之后，完全可以自行判断，选择你认为最适合的书名。

　　事实上，这份手稿基于真实故事，但不是参考哪个男人或女人，英雄或女豪杰，王子或公主，傀儡或凯撒大帝而写。相反，这是一个希望为子孙留下遗产的由各种讲述汇集而成的故事。而这也不是我的人生故事，尽管在某些特定时刻看似如此。除了少数例外，这故事所提及的每一个字——无论是名词，形容词或动词——都属纯虚构。然而，这个故事要比我们熟知的刻板生活更为丰厚真实。我们的日常生活通常会遵循平淡无奇的路线，偶尔发生一些不经意窥见人生本质的事件。在这里，我尽力剔除那些存在于日常浅层、让我们分心的烦恼故事，着力于时不时能升华我们的思想、与我们神秘的意识深渊产生共鸣的剧情。你们试图询问故事里的人物是否真实存在，又或者他们是否仅是想象力的产物，其重要性和必要性就如同询问两个世纪以后我们是否还存在，以及询问一部音乐作品的乐谱是否真实一样，类似的信息相对于一部交响乐带给我们的感染力量，无疑是无足轻重的。

The Chiazza 广场

皮佐（Pizzo）是坐落在第勒尼安（Tyrrhenian）海岸礁石上的一座小镇。它的古称为 Napitia，来源于一位领袖的名字福塞西·纳佩托（Focesi[1] Napeto），他在公元前十二世纪创建了这个城镇。因此，这里的居民也被称为 Pizzitani 或 Napitini，选择哪种称呼取决于人们的教育水平、情绪、倾向以及对话者的习性。在意大利语中，有时甚至称皮佐（Pizzo）为"ridente"，字面意思为"微笑"。的确，在晴朗的日子，从远处看向这个镇子，并且加上足够的想象力，你就能看到那些不规则的房屋建筑重重叠叠所勾勒出的微笑，场面就如同耶稣诞生的情景一样。不过观察者切不可因而对这里居民产生错误的印象，因为皮佐的微笑和眼泪、幸福和悲伤都是对半的，如同意大利以及世界上的其他小镇一样。

对于访客来说，抵达之初，皮佐就给人一种此处壮丽风采尚待发现的美好印象。在露台处，你会闻到一股掺杂有咸湿海风及罗勒叶、茉莉花的混合芳香。屋顶花园处，柠檬树上挂着一些硕大的果实，连同其阴影、深绿色树叶以及黄色果实在无暇的白墙上勾勒出一幅意大利的立体剪纸画。墙上一只壁虎正独自晒着太阳，全然不受来人打扰。目光所及，是具有异域风情的温暖，以及因碧海的起伏不定打散的零碎日光。不断变幻的云彩使得深蓝色的天空也变得生动起来，暗示或有大事件即将发生。一群知更鸟在海上啼叫，展示其空中技巧。一只受到惊吓的鸽子，落在露台上，检视来客的慷慨。访客心生羡慕，渴望着一些特别而真诚的事情或一些从未体验过的事情发生。

但很快眼睛习惯了这美景，鼻子熟悉了这香味，重新浮现的沉思浇灭了最初的兴奋劲儿。这时候，第二个阶段开始了。暴雨渐强又渐弱，在像是毫无节制的风推动之下，积蓄力量，海浪则来回拍打沙滩。最初不易察觉，最后却势不可挡，访客意识到在皮佐除了吃吃喝喝、欣赏风景、不时听听教堂钟声与小镇的时间同步以外，并无大事可做，一种昭然若揭的无聊感随即产生。也有可能有人会认为钟表及

---

[1] 腓尼基语

教堂钟声打破了绝对沉默，因此打消了那些皮佐无事发生的可笑推断。

在午饭之后的宁静时光里，倦怠持续滋长。这座小镇坐落在海中耸立的礁石上长达好几个世纪，或许更久。无论雨水洗刷的是红屋顶，还是太阳炙烤的白墙，皮佐几乎没什么变化。只有习惯，如同占据城堡外墙的常青藤一样，枝繁叶茂地体现小镇生活的图景。在所有的仪式之中，有一种被称为"cuntrura"，意为"对抗时间的时间"，这是午后不久的神奇时刻。所有的旅居者和男人们会结束上午的工作，进行正儿八经地休息，去找他们的女人，家里丰盛的午餐在等候他们。在书写过程中，我意识到在现代社会，即使是在被遗忘的小镇皮佐，女仆在家等待他们男人回家的概念是不现实的、陈腐的和不合时宜的。不过，我权且在文字上自作主张，因此看在这个永恒故事的份儿上，且让我坚持这种能够烘托出意大利南部形象的根深蒂固的偏见。

午饭之后，因循习惯该是同样正式的小憩时间。不同风格和强度的打鼾声以平静的节奏点缀这段时光，呼应了海浪拍打岸边发出的回响。偶尔走失的狗或猫漫步在街头无事可做，因此四处嗅嗅、叹气或是躺在荫凉里，或是呈现动物中最具野心的一面，一丝不苟地舔自己身上的毛，直到 *contrura* 结束。

回到我们的访客身上，他还未能适应这种新生活，时间似乎永远都无法过去。查看自己的钟后，他意识到教堂的钟每隔 15 分钟就会敲一次来提醒我们时间，让我们知悉这个阶段过了多久。他计算出这种周期现象每天要出现 96 次，如此持续两星期之后才能离开。他得尽快想办法找一些有趣的事情来填补中间的空白，这样才能避免这空白对他头脑产生不可逆转的伤害。因此，访客先是环视了自己的房间，然后是整个房子。他费尽心思地带了大量的阅读材料，经过海关和安检，从一个国家带到另一个国家。房间里老旧落尘的书架上有更多的宝藏。但此刻，我们的访客在想："*一路来到皮佐做我在家里也会做的事情有什么意义呢？*"

他隐约想起此次来访确实有其目的，只是目的似乎又变得缥缈。他需要休息，需要一点时间来整理思绪。家里的事也是乱糟糟。由于长期无法解决的问题，他甚至向妻子提议分居。非常痛苦的婚外情；他以一种奇怪的带有补偿色彩的自恋、创造并保持的一种自我放纵来维护脆弱的自我。但现在，在 *cuntrura* 的宁静里，在不时被教堂钟声打破的神圣沉默里，一切似乎都被移除，遥远且不足为道。宏伟的决心逐渐蒸发，变成无精打采的云彩，盘旋在他头脑深处。

最后，我们的朋友试探性地靠近窗户，观察起意大利人称为"piazzetta"的小广场——在本地人方言里，这被叫为"chiazzetta"。他的胳膊伏在栏杆上，手托着下巴，像猫和狗一样，等待着这段"对抗时间的时间"结束。这时他的眼睛也适应了黑暗，变得更有意识。一些平日里不打眼的事物突然变得生动鲜活：几只鸽子啄着看不见的面包屑，知更鸟在空中打圈，捕食那些即使在 *cuntrura* 期间也不消停的不走运的虫子。或许受这种活泼泼的生命气息感染，我们的访客轻轻拉一把椅子到窗户边，小心着不惊扰其他居民，然后如同一个耐心的渔夫，将所有注意力集中到下面的广场，等待着发生点什么。

他无需等待太久。在烈日暴晒下，一只流浪猫跟踪着一只老鼠——唯一的移动物；而一只狗则在广场的另一角打瞌睡。猫的尾巴虽是静止，但尖端却在紧张地摆动。然后就是一个突袭，老鼠及时地窜进洞里。看上去毫无兴趣的猫从躯干处开始舔自己的毛，弄湿爪子，清洁耳朵。然后它踱到阴凉处的台阶上休息。狗抬起头——困惑于刚才的骚乱，叹了口气，又接着睡去，不禁充满嘲讽地提醒自己在皮佐这个点儿，什么都不会发生。猫觉得不被注意，又逡巡着回到老鼠洞。它用鼻孔视察了一会儿，用力嗅了半天，然后在洞前坐了下来。狗长舒一口气，对世俗万物的琐碎表示了感伤，然后再次睡了过去。还是无事发生，直到猫和我们的访客都打了个哈欠，一只知更鸟的阴影划过小广场的地面：这确实是 *cuntrura* 啊。

突然间，一个手提 gozza[2] 在喷泉处取水的女人出现在小广场（chiazzetta）中央，紧随她的是村里那个不能讲话也听不见的傻子。当女人弯下腰取水时，他极为猥琐地摸了她；女人转身，扇了他的脸。他冲天空举起手，似乎想要抓取一个不能说出的词语，另一只手则捂住了仍觉灼热的脸。再一次地，小广场恢复了平静。这些具有相似性质的事件一度占据了我们访客的注意力，直到无聊再次袭来，他决定要做一开始就该做的事情：上床，等待睡眠仁慈地到来。

***

---

[2] Gozza，意为泥罐

现在，我准备把叙述视角转到访客的第一人称，混合以现在时态和过去时态，以便更好地迷惑读者，强化这个类似小人国世界的现实，同时也将放任我在区分现在和过去、古代与当代时的矛盾情绪。

***

……一阵门铃突然把我惊醒。现在仍是白天，虽然也已将晚。一阵愉悦凉爽的微风吹开窗帘，温柔地抚过我的肌肤。我等着有人开门，但没有——他们一定是都出去了。又一阵拉长的、粗暴的、侮慢甚至带有侮辱性的铃声再次响起，迫使我不得不下床。我心不在焉地拖着脚步走向门禁，没有询问来者何人便按了可以打开楼下大门的键。一阵窸窸窣窣，有人上了楼梯，是西乔·佩尔科科（Ciccio Percuoco）——我们家的一个老熟人出现了。因为他看上去跟我们家的一些成员有很不寻常的相似性，于是有人戳戳点点说他的存在和我们的家庭之间有些不清不楚的关系，很大程度上也因为我的祖父经常有些可以理解的出轨行为，这在他那个年代也不是什么稀罕事。我们每次在城里的时候，西乔都是会前来照顾我们的忠实仆人。

"我们亲吻您的手，尊敬的朱塞佩（Signorino[3] Giuseppe）少爷。您父亲在 Chiazza 广场等您。"

Chiazza[4]广场可以说是皮佐的客厅，非常古老，来源不明。一方面，它延展出通往小镇所有边界的道路，另一方面，它终止于一处类似舞台的开阔地，择西而居，面朝大海。日复一日，太阳以千变万化的日落，来致敬皮佐人（Napitini）。Chiazza 广场不会同意访客们，包括我在内的所谓皮佐无大事的观点，说什么这块土地的本质就是无聊。现在皮佐的居民，已经过了 *cuntrura* 的戒严时间，他们突然出现，一切又忙碌喧闹起来。这都给人一种这样的印象：无论他们的生意看上去对于外来人来说有多么不相干，对他们来说却是顶顶重要。

跟很多重要城市一样，这里也有一位警察。他努力控制交通，包括协调安置商贩、人流、摩托车、小型四轮马车、火车、小轿车、三轮车、孩童、猫、狗和鸽子——所有这些都需要极速通过那些像蝴蝶一般花枝招展的专为吸引游客设立的摊位。每个人都兴奋地打起规则的擦边球，其主要目的就是让本来感觉无聊的警察忙起来，他现在看上去就像是一个浮标，漂浮在无法控制的海浪上。这儿也有"单行"

---

[3] Signorino = 意大利对年轻男子表示尊敬的传统称谓
[4] Chiazza = Piazza 的方言说法，意为广场，指的是皮佐的主广场

的路标，但究竟是哪条路单行并不明确，这路标怕是应该写成"这条路或那条路"。还有一个类似的路标直接冲向天空。我不太清楚这是一个错误还是有意为之，用以安慰那些不可知论者，告诉他们也许那里有上帝来管理这嘈杂的一切。小店在 *cuntrura* 之后重新开门，继续营业至深夜，至于确切关门时间则不定，全看店主何时疲倦，是否能找到有更好玩的事情，而不是像只骄傲的蜘蛛一样，只在自己的网上徘徊。

　　这时的生意通常很火。果蔬店的女人把食物放到秤上，并不看读数结果就把所有的东西装进一个纸袋，然后要一个凑整的价格。这儿没人会质疑她，因为他们都不想测试她是否会读数，免得让这个可怜的女人感到尴尬。此外，大家都知道秤在那里只是一个摆设，是小店信用的装饰品。这是一个代代相传的店，从父母到子孙，相辅相佐几十年，以确保所有关于这门生意的精微之处都能从离开的老辈人那里准确习得。通常老辈人从不离开，而是作为一个监督者，坐在店门口处阴影里的柳编椅上，问候每位主顾，叫出他们的名字，赠个樱桃，或是根据时令季节，给年轻一些的新客人类似的赠品。最终，墙上的纪念照片会代替老人坐的椅子，直到他离开去往更好的地方。

　　然后是萨利诺（Sarino）叔叔的店。店里售卖布满尘土、仿佛考古挖掘出的不知名玩意儿。萨利诺叔叔坐在门口那把摇摇晃晃、极为危险的麦秆椅子上，就像那些老辈人一样。店里没有子孙，首先，是因为他没有孩子，其次，店里也不需要其他人，因为没人进来买东西。没人跟他讲话的时候，他就从这个令人沮丧的"主教席"处观察 Chiazza 广场。从这个位置看过去，他发现过去的 60 年并没什么大变化。他透明的蓝眼睛显得极为顺从，像是一只终生困于牢笼的动物的眼睛。对他来说，过度的探索并无意义，这个充满过时记忆和错失机会的虚拟的封闭空间已经足够。我问他："一切还好吧？"（Come va[5]？）抚摸着在自己脚边玩耍的小男孩（这孩子或许会让他想起半个世纪前失去的儿子）的黑发，他微微一笑，机械地回答，"Accussi"，也即"未经测量的标准"，意思是"还成，还成"。但人们很难辨认出他的声音，因为楼上露台突然放起很大声的音乐，此外，还有汽车喇叭声，销售员的叫卖声，城里人日渐高亢的聊天声。左边来了一个女人，平衡着头顶上的鸡蛋篮，右边来了一个卖水牛奶酪（buffalo

---

[5] Come va? = 一切怎么样？

mozzarella）的男孩。有人说，这是黑手党控制的生意。不过，这镇上有什么不是如此呢？

　　还有很多我不准备进一步细想的事情在 Chiazza 广场发生过，通常那时太阳让渡出在白天毋庸置疑的控制权，让凉爽的海风重新掌管，并将这个沉睡的小城变为具有大都市野心的熙熙攘攘的场所。此时只有猫保持既有的风度，继续在 cuntrura 期间逗留的地方打哈欠小憩。就是在这样的骚动里，我重返往事。而我，还要去见父亲（paterfamilias[6]）呢。这些真实生活的闪回只能像素描一样来追溯，因为它们在我的记忆中零碎地分布着，像是脏墙上的涂鸦一般。在这样的闪回里，我匆匆走向目的地："猫"（Gatto[7]）吧。

　　在这个特定时刻，我应该跟全然不知的读者交代一个事实：去猫吧不是件寻常事。这是值得洗礼的经验，因为猫吧不仅是一个酒吧，它还是个圣坛，其定位可提升到与神圣场所同列，根据各自不同的信仰，这猫吧相当于帕提农神殿（Parthenon）、密涅瓦神庙（Temple of Minerva）、圣彼得大教堂（St. Peter）、麦加（Mecca）或是泰姬陵（the Taj Mahal）。对于不知情的游客来说，猫吧或许只是一个冰激凌店，售卖经典的冰激凌如黑松露或是白松露（Tartufo[8]）、西西里冰激凌（Cassata Siciliana[9]）、以店主命名的贝尔韦代雷蛋糕（Torta Belvedere[10]）等，并与煎饼及冰镇的圣培露牌（San Pellegrino）矿泉水等一同供应的地方。但对于本地人以及像我一样的跟他们有关系的人并不这样认为。在猫吧，日常生活都能被讨论，并被提升成概念，之后甚至组装成广义的哲学，经过反刍消化后转变成建议，提供给那些可能在生存边缘游走的假想中的受益者。当我接近父亲和他的朋友围坐的 tavolino[11] 桌时，我知道，我将要，不管是否愿意，学到一些道理——即使从《赫基默必备手册》（Herkimer's handbook of indispensable information[12]）中汲取知识精华的普拉特先生（Mr.Pratt）也无法想象的那种。

---

[6] Paterfamilias = 拉丁语，"家族父亲"

[7] Gatto = 猫

[8] Tartufo = 松露，因这款冰激凌看上去像松露而得名

[9] Cassata Siciliana: 西西里冰激凌

[10] Torta Belvedere:以猫吧主人名字命名的贝尔韦代雷蛋糕

[11] Tavolino: 小铝桌

[12] 出自欧亨利的短篇小说《婚姻手册》（The Handy Book of Hyman）

　　在 tavolini 桌旁站立的是"猫"先生本人，或为了历史准确性，贝尔韦代雷先生（Sig.[13]Belvedere）父子都是 gelatai[14]手艺人的一种名称表达。他们的家谱根系简直像地中海的无底洞，已不可考。几十年来，他们每个人都被称为"Gatto"（也即"猫"），原因不明。猫先生的耳朵垂着，像猎犬的那样，而不像猫耳那样直立，不过创造了文艺复兴的意大利人善于巧思妙想，会将他眯起来的眼睛，视为与日光下照射的猫眼相似。贝尔韦代雷先生不留胡须。或许，跟这一称号相符的更为显著的特征是他的姿势。如同猫一样，他不知疲倦地审查 Chiazza 广场，看上去像是随时要对潜在的顾客进行突袭，叼住他们的脖颈到第一张空着的 tavolino 桌。

　　"朱塞佩少爷，很高兴看到你回来！"猫先生说着，口里吐出大大的烟雾，这恐怕只是他当天不计其数抽的烟中的一支——被尼古丁熏黑的手指说明了一切。从我记事起，我就被称为"少爷"（Signorino）。我还是小男孩的时候，这称呼显得有点早熟。之后这称呼一度跟我的年纪相符。但很多年过去，这称呼一直保留下来，即使现在，五十多岁的我仍然被称为朱塞佩少爷。

　　"一切还好吗，安其罗（Angelo）？"我说，因为这是贝尔韦代雷先生正儿八经的名字，没人敢当着他的面喊他"猫"。

　　"Volaru acei"是他的回答，因为猫先生对客人上桌率从来都不满意，即使因为拥挤的 Chiazza 广场没有空地儿，客人几乎要上下摞起来也不行。"鸟都飞走了！"是这句话的翻译，意味着鸟儿在八月底要遵循祖先的迁徙模式，就如同我到来的那天所发生的那样，夏季的住客开始返回他们的都市，或是根据他的夸张表达，他们都已彻底消失了。伴随季节周期的摧毁性事件会带来经营的窘境，为了表达对他的深切同情，我说："好吧，我希望下一季尽快到来！"或是类似的严肃态度。

　　唐·保罗（Don Paolo）坐在那里，向后倚靠在塑料扶手椅上，交叉着腿，一只手托着下巴，另一只手懒洋洋地敲着 tavolino 桌：那是我父亲。旁边是他的兄弟，唐·朱斯托（Don Giusto），几乎有着跟我父亲对称的姿势。他也是向后倚靠着，正对着父亲的腿和手不经意地做着一样的动作，就像是镜子创造的视觉效果一样。一个穿着白衣的男人坐在他俩前面。他是马尔凯塞（il Marchese），人称"侯爵

---

[13] Sig. Signore 缩写，"Sir" 或 "Mister" 的意大利语形式，意为 "先生"
[14] Gelatai：冰激凌机

夫人"，这称号不仅是因为他的出生背景已不可考，还因为他的优雅
着装：他夏天穿白色亚麻，冬天则配有领结及手杖，身穿黑灰羊绒西
服。他总是在 *cuntrura* 之后，伴随着有规律的教堂钟声，极为雅致地
出现在 Chiazza 广场。日复一日，天知道，得有好几十年了。他极为
贵族风范地分配自己出现的地点，前往不同的酒吧，他的陪伴使得酒
吧的其他顾客也熠熠生辉，使听众备受尊重，活跃谈话气氛，因此他
将这个因出生权而赋予的称号提升为一种正统荣耀的职业。在他旁边
坐着的是"教授"唐·西乔（Don Ciccio），他是一名退休的学校校长，
他自称自己是古典文学学者。据说，他写了也发表了一篇名为
《Calabria[15]的希腊人住所》的论文，就我所知，没人读过，也没人
看到过。跟这四位有一点距离，但仍属于这个群体的是安东尼奥师傅
（Mastro[16] Antonio），他经营木工生意。他是唯一一位只代表行
业，而不是职业，或是出生等级的人。他可以说是坐在 tavolino 桌旁
资格最轻的一位，但是，就像是点缀皮佐生活的诸多不一致性一样，
这也没什么明确的解释，至少不值得探究。

"真高兴啊！"教授说道，看我从其他桌子中间穿过来。

我到了之后，马尔凯塞第一个站起来。他左手扶住我的右肩，
用手杖的象牙把手拍了下左肩，在我脸颊两边亲吻后说道："Onorato,
onoratissimo[17]"安其罗的儿子过来，调整 tavolino 桌，以便新增的客
人能坐下。这一礼仪确保每个人围绕 tavolini 桌都能有平衡的坐席，
包括直觉上需要保持一定距离的安东尼奥师傅。

就在那时，里加医生（Dr. Riga）出现了。他是个胖乎乎的老
人，站在那里像是代谢综合症的活证明。这个镇上的基层保健医生，
既吸烟又喝酒，可能想着通过亲身示范来教育病人，拒绝有害行为。
他止不住地嘟嘟囔囔、哼哼唧唧，偶尔停下来穿插一些词语，绝少整
句。他以抱持左翼政治观点著称：他是一个共产主义分子。像所有的
那时参与意大利政治格局的共产主义分子、法西斯分子、其他"……
分子"和喊冤者一样，他们存在的原因（rason d'etre）更多是为了对
话的目的，或者更准确地说，激怒那些持有温和观点的人。事实上，
他们中没有人会幻想自己名义上声称相信的这些观点会与那些在政府
中代表他们的人保持一致，相应产生任何实质的行为或真实的变化。

---

[15] Calabria: 卡拉布里亚区，意大利西南地区，皮佐所在地
[16] Mastro: 称谓，用于指具有特殊技能的人
[17] 太荣幸了，我真的太荣幸了。

带着有些讥讽的微笑，里加医生问我："Che si dice in America？[18]"我嗫嚅着，正要考虑如何回答才能代表 55 个州 3 亿多美国人的心声。我的叔叔，不像我父亲那般总是政治左倾并且总是喜欢激怒我，过来帮忙："美国总是做得很好，他们更实际，不像我们这样总是浪费时间聊天。人家只关心自己的事儿！"虽然这话不无嘲讽，但是我还是很感激叔叔替我圆场。我像儿时一样坐在亲戚中间，他们保护我，使我能够逃避更多的审问。

"是啊，我们这里需要实用主义！"安东尼奥师傅说。"我不是说像墨索里尼那样开火车的人，不过我觉得咱们在相反的路上走太远了……常识都跑哪儿去了？"

"我亲爱的安东尼奥，咱们不要翻旧账了，消停会儿吧。不管怎样，请允许我这样说，"教授插进话来，转向我。"美国是为世界做了不少伟大的事情，不过你不觉得在这个过程中，也失去了文化价值吗？"

这时我突然发现自己再一次地被吞没了，这些自发的有关某某"实用"价值的开放话题，我既不愿意，也没兴趣讨论。

当我再次被堵到一角，试图想出一个条理清晰的回答，安其罗，未经询问就为带来了我常喝的内格罗尼（Negroni[19]）鸡尾酒，以及橄榄和薯片，为我解了围。"双份的杜松子酒给少爷！我们希望他经常过来！"

"美国没有什么知识分子。"教授补充说。"这是个问题！做，做，做……但有什么好处呢？那里所有的工程师，没有古典教育；这就是为什么他们最后都不相信进化论！他们的教育系统有问题，限制了他们的想法。他们教育的是如何解决问题，而不是如何找到问题。"

"还以为他们有世界上最好的医疗保障体系！可是他们每次生病就会破产，"里加医生在不停的咳嗽之间跟着说。

我试图敏捷地回想所有在美国的熟人，想着哪个既不是知识分子，同时又不相信进化论，而且还认为我们有最好的医疗保障系统。由于实在想不到任何人，为了争取时间，我问道："你怎么定义知识分子？"

---

[18] 美国有什么新闻啊？

[19] 来自米兰的意大利北部的一种饮料，由三分之一的金巴利开胃酒，三分之一的金酒和三分之一的苦艾酒调制而成，配以一片橙子及冰

　　在我还是孩童时就对我青睐有加的马尔凯塞笑起来，隔着桌子用他手杖再次拍了拍我。"像你这样的人！这些绅士们怎么能说美国没有知识分子呢？我们至少知道一位！"

　　教授打断了马尔凯塞，更加直接地回答我的问题。"知识分子是那些有兴趣学习除了维持生计以外的东西的人。"

　　"但是那样的话，我可以找出很多被称为知识分子的蠢人。或者，有兴趣学习是必要的，但这一个界定的观点并不充分。"我回应着，然而我立刻后悔自己的口不择言，冲口而出说出这样的话暗示着我不断累积的愤怒。"我的意思是说"，我试着纠正自己，"应该要有培养学习意愿的系统，不过我确实理解你的观点……"

　　我没再继续，因为突然脑中闪过一个念头。我看到自己像是另外一个人，置身于一场奇怪的对话之中，且对话人都是我多年未见的另一个年代的人。尽管我是摆脱了这个海边小镇的一条鱼，但对于能被他们自然地接纳仍然心怀感激。不过，我仍然为不能更强烈地捍卫美国人民而感到遗憾。最初，我产生了一股冲动，想要指出在意大利这样一个小的国家都充满了形形色色的人。意大利人如同糖果，有不同的颜色和口味，就像是坐在这张桌旁边的人一样。那么如果你认为像美国这么大的国家，都是 3 亿个山姆大叔的形象的话那实在太不明智了。他们可不都是留着胡子，带着星条旗帽，一起唱美国国歌："啊！在晨曦初现时，你可看见？……"

　　我啜饮着内格罗尼鸡尾酒，没有把话说出来，原因并不是因为缺乏爱国主义，而是我缺乏信心。我不认为我的话能够说服这些固执的人，让他们相信美国人不都是从通用工厂生产线上出来的。我对他们的小地方思维有些轻蔑。这两种情绪的交织阻止了我辩论才能的发挥。我逐渐变得漠然，让对话慢慢隐为背景，调低了自己的音频频道，增强了视频频道，如同我在类似情况下经常做的那样。

　　就在我任由对话被那些 Aeolus[20] 一般的头脑带着离岸漂浮的时候，我注意到教授手里握着一个笔记本。笔记本以黑皮装订，上有英文金色题字，"致我最亲爱的自己"。我情不自禁地询问这是什么。

　　"这是一个我正在写的故事。我不知道是否能完成。事实上，甚至不是我自己开始的，这是我的一个学生的自传尝试。"在看到马尔凯塞赞许的微笑之后，教授如是说。"他从没完成这个故事，但留下

---

[20] Aeolus = 希腊的风神

了这些笔记，有点像日记。我一直在琢磨如何完成这个故事，来纪念他的回忆。也许你记得他？他应该跟你年纪相仿，叫亚历山大（Alessandro）。"

"我当然认识他！"我大叫。"我能看看这本书吗？"

"当然，你可以把它带走。我想知道你的想法。"

我从他手里拿走笔记本，问道："他怎么了？他的故事有什么特别？"

教授正准备告诉我，但他刚要开口，其他一些人加入餐桌：开心的一无所知的家人和朋友们打断了我们的对话。不久，我父亲也提议到了该回家吃晚饭的时间。我叔叔起了身，内格罗尼酒杯也空了，大家开始握手道别。

我跟教授告别时，问道:"我明天可以见你吗？"就是如此偶然，皮佐的魔力再一次突袭了我。尽管这个小镇的微不足道的事件与世界其他地方的重大思考显得越来越不成比例，然而我忘记了城镇生活的无聊、犬儒主义和自鸣得意。跟着亲戚回家的路上，我想起了之前完全忘记、直到现在才记起的一位曾经的老朋友。

那天晚上我打电话回家，我试图让自己听上去条理清晰，但其实我听上去更像是心不在焉。我以一种创新的方式，再一次惹恼了我的妻子。我为我俩感到遗憾，原因并不是为了我俩的核心问题，而是因为遥远的距离让我无法聚焦在这些问题上。我为自己如此的冷漠而懊恼，为自己的品格被一种自闭症般的无能玷污，以至无法在电话口头表达共情而悔恨。正当我看着变得沉默的电话，教堂钟声如约敲响。我关上了 Kindle、iPad 和其他电子设备，将书码齐放在床边桌上，然后躺下来。

这笔记本包括了部分用老式打印机打的笔记，用于排钉的纸张几乎是透明的，专为复写所用。其间有一些散落的层层叠叠的订正。这个故事的题目是"房间"，故事是这样的：

***

这房间有四面墙，即使夏天仍很冷，此外墙上还有两扇窗户。这些都成了局限，但天空仍触手可及，因为孩子们的想象力不需要无限扩张。随着生活徐徐展开，知识会捆绑住想象力，随着我们经验的拓展，我们需要更大的距离才能抵达新颖的彼岸。当年轻时代的神秘

感消散时，局限汇聚成事件的视界，想象不出什么新鲜事来。这如同一个黑洞，我们的本质被折叠起来并从此消失。

房屋中央是一条长条木桌。所有的孩子临桌而坐。他们一边坐着未来，一边坐着过去。一开始孩子们只跟**未来**说话，**过去**只能大喊才能被听到。随着时间的流逝，他们更多听**过去**讲话。然后他们有一天不再来桌子旁边了，又有一天，**未来**都懒得出现了。**回忆**坐在两边，于是过去再也没有人可以聊天。

这是其中一个孩子以及什么使他离开桌子追随一条遥远道路的故事。他的名字叫亚历山大。他有一个哥哥叫阿喀琉斯（Achille）。他的妹妹从未降生。父母告诉两个兄弟，他们的妹妹在出生之前不久就死去。他有时会幻想着或许她会是他们中间最好的那个。这是他在童年时期想象她的方式。她是他最好的朋友，一位值得他信任的同伴，以及他唯一愿意说说心里话的人。

相对于亚历山大而言，他的哥哥阿喀琉斯知道的更多。亚历山大四岁时，阿喀琉斯告诉他耶稣宝宝（Gesú Bambino[21]）并不存在，并在圣诞节之前给他看父母藏在柜子里的礼物来证明。从那时起，被父母和圣诞老人背叛的他再也不相信无法被证明的事物。在很长一段时间里，他也因自己缺乏信仰而责怪阿喀琉斯。在桌上，他从不靠着哥哥坐。这两个兄弟有好些表兄弟姐妹，在家庭中共享财富。有个年龄大的孩子在年纪轻的孩子们中间有着特别的名声。据说她天生会教导，处在发育期的表兄弟们都很欣赏她的教学。她声称为种马进行过性教育，并在一对一课程中进行实际操作演示。很多孩子都经受了这样的教育，并无怨言。作为一个青少年，亚历山大对她的崇拜就像是对大学教授的崇拜那般。她对他一直很好，但又有点距离，她以自己的身体进行鼓励，但她的灵魂却无从探索。当轮到他来进行培训的时候，他没说过不。最开始自然是没经验，但他虔诚地汲取来自她知识的每一滴甘泉。由于他是个勤勉的学生，没过多久就能结合学习实践，进入超纲的领域。即使多年过去，他仍然将她视为尴尬和尊重的混合体，就像是见证他拼写苦恼的一年级老师。当他们在 Chiazza 广场偶遇时，她对过去表现得自然美好，仿佛什么都没发生过一样。最终，她犯了一个错误：冲动地结婚了。但是，如同你可以想到的，她很快背叛了自己的丈夫。发现了实情之后，这个头脑简单的男人自杀

---

[21] 小耶稣：据说在圣诞平安夜带来礼物，相当于其他国家文化中的圣诞老人

了。于是她带着孩子和家具，从这个愤怒的城镇离开了。或许有人知道她去了哪里，发生了什么，但是她的故事在亚历山大的生命里留下了深刻的印记。

表兄弟姐妹们在桌旁坐的次序，最好的解释方式可能是熵的无序理论。但是，重力作用使得年纪大一些的男孩子们聚集到桌子的一边，另外一些年纪小的孩子则围绕年纪大一些的女孩子们坐，像隶属于一个小太阳系的彗星那样兴奋。邻近的是为大人们预留的另一个餐厅。亲戚和客人们会在那里用餐。也不知是从哪一刻开始，孩子开始变成大人，转移到另一个房间。至于是谁能够被转移到另一个房间则取决于 Nonna[22] 的决定。看上去，男孩子们要比女孩子们更早转移过去，也许是因为他们对讨论政治更感兴趣，又或许是因为他们不需要照顾年纪更小的孩子，更大的可能是，这纯粹是那个小镇那个时期的一种惯常方式。没人知道真正的原因，或是当中的筛选方法，也许就连祖母自己也不知道，然而从来没有人对此有任何异议。亚历山大清楚地记得阿喀琉斯被另外一个房间吞没的那天。他一点也不想念他，并且他对自己预测到大概知道什么时间将成为大人而感到欣慰。

用餐期间，孩子们不允许到大人的餐厅，因为大人们不希望他们的讨论被打断。"孩子应该被看到，而不是被听到。"祖母会这样说。不过，非常偶尔的情况下，基于反向渗透的原则，当大人们的对话变得毫无生气之时，会缓缓从他们的餐厅走出来，坐在孩子们的餐桌旁。尤其是在夜晚的时候，他们会在孩子的餐桌上讨论商业、政治以及其他无休无止的故事。亚历山大的父母很少来他这桌。他们非常爱他，但父亲认为孩子们应该崇拜父母，以父母为榜样，而不是反过来要父母成为孩子。他们的母亲也不敢不同意。那时对他来说，这些都是有道理的。

餐桌上有红酒，大一些的孩子喝普通红酒，小一些的孩子喝一种祖母从农夫那里精挑细选来的特制酒。这些同样是真正的红酒，但味道偏甜，有气泡，且兑了水。也许是因为酒的缘故，餐桌上的饭食总是富有生气。讨论无休无止，争论毫无目的，共识绝难达成。这是一场吵吵闹闹的弹球游戏，其随机性很显然部分受制于重力原理。一个孩子随口一说，就会像乒乓大战一样激发看似敏捷的、但又没什么目标的反弹。但是，大部分说的话，像温柔但又极具效力的水滴穿石一

般，在每个人的灵魂上刻画出抹不去的洞。年纪大一些的表兄弟姐妹提起闻所未闻的事情，对于年纪轻的孩子来说，那些"事情"是真实的。围绕着那张桌子，讨论，笑声，争论，打斗以及叫嚷就像是微风和暴雨，太阳和云彩，秋天的雨和春季的芬芳一样，无法进行天气预测。当吵闹达到一定程度，但又无法确定的某个时刻，祖母会用她独特的棍子敲另外一面的墙。这是终止争论、语言袭击和原则之战的最简单的方式。

在诸多的表兄弟姐妹之间有一位叫安娜·玛利亚（Anna Maria），一个拥有精致身体的精致灵魂。她褐色的眼睛大得可以包含亚历山大童年所有的梦想。她的笑容像是餐桌的中央摆饰。她柔和的声音是聚餐乐团里的独奏小提琴。根据家族传说，她还是小女孩时，遭受过雷电之击，几乎致命。幸运的是，她幸存下来。随后，自然的伟力仍然伴随着她，使她与众不同。她不能受惊吓，因为这会使她的心脏停止跳动；她不能被粗暴地触摸，因为这会让她的身体发抖；她不能被追逐，因为她不能跑。我们只剩一件事可做：爱她。多年间，亚历山大热忱地、沉默地、安静地爱着她，直到有一天，他厌倦了。因此他生命中曾经最爱的那个人，永远不知道他的感受。

那天，当亚历山大的目光穿过窗户，在天竺葵和罗勒叶之间，投向大海的时候，他眯眼透过波光粼粼的海浪看到天际。他思忖着未来会有什么。那是房间的结束，是表兄弟姐妹的结束，也是安娜·玛利亚的结束。当他回过头，眼中仍留有太阳的刺目之光，他无法辨识那些熟悉的影子。当他的瞳仁放大，开始拥抱房间的黑暗之时，那些脸、声音和故事变得越来越静止、越来越小、越来越安静、越来越遥远。他们消失在远方，就像是想象之船载着他离开，永远离开。这就是我们的故事开始的地方。

***

机打的纸张到此就完结了，然后是手写的笔记。不过那些笔记，我们还是留待下一章再说吧，因为我们不想打扰朱塞佩先生，他已经开始打盹儿，无法意识到教堂的钟声刚刚敲起，此时已是夜里 11 点半。

24

亚历山大的故事

　　绵绵细雨打湿了街道，新季初雨冲走了留在夏天的一切记忆，冷风及晴空，为本地人和游客带来初秋的意味。一路下去，大海如同天空一样灰沉沉，心满意足地接受属于它的那部分雨水，并向空中吐出泡沫表达感激之情。知更鸟就像是回应贝尔韦代雷先生的预言一般，准备出发，迁移到遥远的他乡。水沟边，雨滴在耐心地排队，在高处有那么一刻试图抗拒重力作用，随后还是跃入其中。此刻，奶油蛋卷和可颂面包的令人舒心的香气蔓延了整个街道。这味道也传到朱塞佩少爷的敞开式露台。香气经由他的鼻孔，轻轻将他从睡眠中唤醒。让我们还是把叙述交还给朱塞佩少爷吧。

***

　　多亏了靠得住的抗抑郁药，我整晚都睡得相当好，亚历山大的记忆也在耐心地等待我的醒来。在离开小镇去美国之前，我在这里度过了青年时代，那时我就很了解他。他是相当帅的一个人：个儿高、天然的男性举止以及不常刮胡子的习惯，调和了自身精致的阴柔特征。他有着一头乌黑的卷发，淡蓝色的眼睛包裹在长长的黑色睫毛之中。当他看向你的时候，那眼神仿佛能够刺穿灵魂，干扰你对美的认知，使你更注重深度和智慧。他的手也是泰然自若，优雅地伴随言词起伏，没有夸张的南方的矫揉造作。他运动员一般的身材很瘦削，并不起眼，而他磁石一般的人格和魅力用"让人分心"来描述更准确。无论讨论的是什么话题，他的出现都会成为主导要素，听众会不由自主地被一种属于精英贵族的神圣优雅打动。不过或许更具感染力的是他的微笑，当他突然笑起来的时候，脸颊两侧会出现调皮的酒窝，就像是阳光穿透乌云，赋予人们自信和希望，使一切烦恼都会被忘记，赋予人们何不享受生活的安全感。在他的王国之下一切都是美好的，他优雅的风度、自如的亲切，以及成竹在胸的自信，跟定义了我们大多数青年时代的紧张羞怯形成了鲜明对比。

　　尽管同伴们都很仰慕他，但是他总是令人费解地站在自己的阶层里。他很矜持，不参与任何专属的社交圈，总体上并不是一个特别受欢迎的学生。很多人认为他最好的时候不过是个势利眼，最坏的时候则有社交障碍。尽管他存在交际上的缺点，但他却吸引了所有女人的注意力，我们的女朋友在我们的怀里也不忘垂涎他。作为一个王子，他独树一帜，这并不在于其后宫的大小，而是在于渴望进入那个后宫的女人数量。事实上，很少有人知道他跟异性的关系，尽管有人偶尔发现他跟一些年纪大一些的漂亮女人在一起，但是对此他只字未提，也从未承认和澄清这些谣言。因此，亚历山大多年过着跟同伴们毫不相交的生活。男人尊重他，女人仰慕他，但同时他既不是男人的男人，也不是女人的男人。

我们的关系因着同属高中学校足球队不期然地加深了。作为中锋，我们踢类似的位置：他包抄左侧，我负责右侧。他是一个很有天赋的足球队员，无论在技术、体能和耐力都强于一般人。我作为一个比较强的队员，愿意作为辅助性角色来支持他。我们基于球场分工配合的相互理解也发展到了球场下对应的友谊关系。我们尊重彼此，也在球赛之前、之中和之后交换想法。

我对他比赛期间出现的淡然性情很困惑。我们一起合作经历过令人兴奋的胜利，也经历过令人沮丧的失败，然而我从来没有看到过他在情感上有任何的波动。不管他的表现有多么出色，每回比赛结束之后他总是毫无例外地消失，显然对任何庆祝都不感兴趣。尽管很多人将他的行为解读为傲慢或是居高临下，但是我认为这只不过是他对于隐私、孤单和清净有抑制不住的偏好所致。我自己也不是很善于沟通，为避免武断和不切实际的预期，我很容易就适应了这种关系。可是，赛季的最后一场比赛改变了这一切。

我很清楚地记得那个夜晚，我们排位领先，需要一场平局来确保冠军：一个输球都不行。距离比赛结束还有 15 分钟，我们输了一个球。我年轻气盛，很生气，同时也对亚历山大不温不火的作风感到恼怒。他处理每个抢断球都很犹豫，传球也不用心，整个比赛过程中踢出一些令人分心的射球。另一方面，我投入整个身心，想要通过一个进球尽快锁定战局，可这时我发现自己躺到了地上，一股疼痛从脚踝传来。紧接着，我坐到了待定席，泪水刺痛双眼。我看到钟表无情地在跳动，它即将宣告一个本来可以是辉煌赛季的结束。

正在我的希望之火渐渐熄灭之时，亚历山大突然开始发力。第一次在比赛中，他运用了我们都知道他拥有的能量和技巧踢球。就在离比赛结束前的几分钟，他从一个不可能的地方踢进了一球，以极其优雅的姿势，他转身进行了一个 30 米远的射门，对方的守门员来不及作出任何反应。球在空中经由门框上方落入网中，锁定了整个战局。

团队的喜悦和兴奋是无与伦比的。尖叫声、欢呼声、相互祝贺的拳击和拍打，以及幸福的眼泪。但是，跟以往一样，亚历山大从庆祝的拥抱和握手中躲开了。相反，他很酷地走到我面前，脸上露出大大的微笑，并用食指指向我，拇指按在上方，模仿枪击姿势，仿佛在说："中了！这个球是给你的。"

比赛几分钟之后以平局结束：我们获得了总冠军。

比赛之后，我进了急救室对脚踝进行 X 光扫描。在候诊室里，我翻看些无关紧要的杂志来分散阵痛带来的注意力，这时忽然发现一个人影。亚历山大站在我面前，露出他温暖的招牌笑容，两颊浮现了酒窝。他问道："你的这条腿包扎好了，接下来该做什么？"这是我们成为朋友的开始。

逐渐地，我们成为了情人，而不仅仅是朋友。这关系并非身体意义上的，因为我们两人都毫无此意，我所指的情人更多是精神意义上的，同时，我们也成为共谋。从开篇介绍的机打笔记中能够很容易地推论出，亚历山大来自于一个富裕的贵族家庭，代代在这个地区占据高位。如同当时的很多贵族一样，那是包裹得严严实实的一处岛屿，对于世界的其他人抱有偏执狂似的轻蔑。因此，亚历山大能够进入最私密的圈子，精英别墅，大量上流又时尚的女人等待被他的凝视引诱。跟随着他，我也相应从果园里收获了自己的那一份引诱，或是被引诱。尽管青春易逝，我仍然保留着这些冒险的模糊记忆：一个微笑，一声低语，一滴眼泪，绕住我胳膊的盈盈一握，一封信，羞涩时的一首诗。这样的调情似乎没有动摇亚历山大，相反，他带着猩猩的那种特有的胆量，从一棵树踱到另一棵树，选择女人就像是香蕉一样，现场剥皮，吃下去，然后丢弃，气定神闲地走到下一处，无需保留上一餐的任何记录。

他有一次跟我说："对于女人来说只有两种男人：猎人和情人。猎人将女人看作战利品，在各个女人中穿梭，像西部牛仔在他们的左轮手枪上贴标签，吹嘘他们杀的每个印第安人一样，或是相反像印第安人收藏牛仔的头皮一样。另一方面，情人则希望取悦女人，仿佛她是他们的母亲，仍然记得她温暖舒适的胸。他们需要爱抚和认可。我两者都不是。我甚至不确定为什么要做这些；也许是好奇？如果我已经不想闻这朵新的鲜花，我能从中学到什么呢？我们需要练习才能保持自己的技能！但现实是，我得不到任何满足，也没有任何欢愉。这只不过是还在活着的片刻刺激，以及暂时从命运赋予我的责任中得到豁免而已。我做这些，仿佛是因为他人对我的期待，而且这是我能够做得很好的几件事之一…… 在这方面我有很好的训练。"然后，他告诉我他表姐的故事，读者们从之前机打的笔记中已经熟悉了这一段。不过，他当时并没有提到她不幸的结局，他只是简单地说："我在想她发生了什么。"但是，从他的语气中，我能察觉到他的痛苦，一种在他谈及其他女人时从未出现过的脆弱情感。

他继续，"我已经不再听女人们的奉承。女人们看我时看到的那个男人跟真正的我是完全不同的人。从表面上看，他看起来像我，但在他内里，她们看到的不过是任何符合她们幻想的魅力王子形象，他们在现实中根本不存在。那些女人爱我，直到她们了解我为止。但即使她们最终会意识到我根本空无一物……"，他指向心脏，"……她们仍然希望继续救赎我，仿佛她们是不能放弃拯救米迪亚·卡拉马佐夫（Mitya Karamazov [23]）的卡捷琳娜·伊万诺夫娜（Katarina Ivanovna）一样。可是跟陀思妥耶夫斯基塑造的人物相反，我没有心。"

当时我把亚历山大的虚无主义视为一种矫揉造作。出于对他的忠诚，我既怀疑，又觉好笑。有一次我出于好奇问他："你可曾爱过任何人？"这次，他提到了安娜·玛利亚。"我还是小孩的时候，有个表妹。不知道为什么我时不常会想起她。她当时很漂亮，也很害羞。只是看着她，或者挨着她坐，我就很开心。但后来变了。也许是她变了，或者是我变了。我从来没告诉她这些，现在我再看她的时候，她无法激起我内心的任何情感，好像她完全是另外一个人。"

"所以，我喜欢埋藏在过去的影像，保存着期盼看到她、紧挨着她坐、向彼此讲故事静静分享时光的那种甜蜜感受。这些都去了哪儿呢？我不知道。我以一个男孩的虚弱看到那些时光，好像是看到气球从他手中挣脱，升向无尽的天空。"

"感觉自己没有能力报答爱是一件痛苦的事。我确实理解逻辑的重要性，但是，目前的我内心空无一物，没有幸福，没有悲伤，没有恐惧，没有希望：只是令人欣慰的虚空。我看自己的人生就像是一个观看纪录片或是无聊的电视节目的人一样，没有一丁点儿的兴趣。每

---

[23] 出自陀思妥耶夫斯基小说《卡拉马佐夫兄弟》

天早上，我打开电视到生命频道，然后很消极地看节目，除了作为第三者以外，好像我并不存在似的。直到晚上我关闭肥皂剧节目之后，才在黑暗中跟自己团聚。"

当我们不四处"拈花粘草"的时候，我们会在最喜欢的餐馆吃晚饭。那个餐馆是盘旋在沉睡大海上的一个 palafitte[24]。渐渐地，我们发展出背叛 Venus[25]，转向 Bacchus[26]的倾向。我们享用简单却不间断的美食，品尝饭店冰镇的招牌酒，讨论与存在相关的每个可能的主题。偶尔会有朋友路过餐桌打断我们，汇报女性挑战中那些虚无的胜利。我们面容可掬地听着这位朋友的吹嘘，直到他离开为止。亚历山大会评论说："看到了没？另外一个猎人！他没能在猎物的脚上挂上照片真是太糟糕了。"然后，他又补充说："但是情人也没有好到哪里去。世俗的男人脑中常常会产生一种幻觉，意识到在一段关系中自己能够给予一个女人好多情感和身体上的愉悦，进而生发出一种慈善似的想法，要把这欢愉带给其他女人，平均分配时间，有效地更广泛地取悦异性。不幸的是，这种慷慨不被异性成员所欣赏，因为她们更多考虑的是关系的排他性，而不是那些逝去瞬间里产生的实际的快乐。

在挥发的酒精里，我努力听着他救世主般的教导。他注意到我的目光有些迷离，便收回变得兴奋的瞳孔，结束他的想法。"这种关于性别观点的不一致也许值得再另外辩论，但是我们暂且简单承认，这种可以理解的误解给人类有记载以来的历史（甚至更早）带来了一些不幸。有一些，我已经有机会进行了第一手的体验。"

必须承认的是，他当时说的话没有我在这里复述时的那样流畅，但是，这些话描绘了那些轻松而又有讽刺性的瞬间。亚历山大似乎是被涌来的创造力攫住，偶尔探知到人类灵魂深处，从而使他能走上自己的道路，如同离我们只有几英尺的飞溅的海浪所暗示的那样，持续涌动，全然不知人类的痛苦。现在回想起来，我强烈怀疑那些伴随着吃撑了的肚子和空了瓶的红酒而展开的轻松对话，在亚历山大一生中有可能是他所体验过的唯一真正幸福的时刻。

最终，我们的对话会有一个终结篇，汇聚成关于人的存在的不可知论。从年轻人以及本地人天真的角度来看，皮佐相对于世界其他地方来说很大，后者人们从未见过，因此显得陈腐无关。对我们来说，

---

[24] 支架屋
[25] 维纳斯，掌管爱与美的罗马女神
[26] 巴克斯，掌管葡萄丰收、酿酒和葡萄酒的希腊神

走过皮佐狭窄的巷子、小壁龛，经过充满独特气味的树丛、酒馆和海滩之后，整个宇宙仿佛在过着一种专制的生活。然而，现实中我们的星球像是一个绕着银河边缘流浪的弹珠，迷失在广阔的无穷无尽里。因此，我们在皮佐感知的宇宙与现实的宇宙形成了戏剧化的对比。当我们忘记皮佐的宏伟，看向夜空时，我们并不感到轻松：天空象征着无尽的、具有厚度的墙，盘旋在上方，像是个四维的监狱，我们无从逃脱，被空间和时间永远压缩。对于其他人来说，那里有上帝；对我们来说，那里只有困惑。所谓信仰，无非是打开自己所期待的真相之门的终极谎言。我们思考着自己想象力的边界会在哪里。在这些月夜里，随着升腾起的情感，我们想象着更宏大更不可及的事情，因为生活本身实在太小了，并不能满足我们想象力的疆域。

于是亚历山大再也不能忍受他自己的谎言了。他会测试我，"想象一下你在《危险边缘》游戏里……现在，价值 1 亿里拉 [27] 的问题！'先生，上帝是否存在？'奖金成败在此一举，你会怎么猜？"然后他会回答自己："我肯定会猜，上帝根本不存在。我不想失去钱！但是我们永远都无法得到真相。我们可以像光速一般前行，射向空中，但是从现在直到我们死去，我们也不能超出我们宇宙中的邻居。我们一旦出生，就注定活在这个监牢里。我们，都因为罪恶而存在。"他会这样得出结论。正如我们将从他的笔记中看到，他对悲观主义有更深的根源，而这一点他从没有跟我分享过。

于是，到了 17 岁的成熟年纪，亚历山大对于本地人来说是一个神话般的人物，对于女孩子来说是偶像，对于男孩子来说是领袖，但对于他自己来说，他拥有的却是失败和低自尊的不安感觉。他在海边小镇的表面漂浮，寻找各种机会的可能性，尽管他也怀疑这是否能够实现。在一个小镇上想要成为被上帝和世界遗忘的英雄，或是成为一个不存在的军队领袖，就像一个老师站在空空如也的教室里一样。有一次他跟我说，"就像是马基雅维利（Machiavelli）评论锡拉库扎（Syracuse）的西罗（Hiero）：他拥有统治的所有能力，除了王国。"

他是第一个离开我们镇的人。他搬到了 Milano[28]，名义上是去学习，但事实上是去探索"外面"的世界。是我开车送他去的火车站。当我到他家时，我发现亚历山大已经跟他父母在外面等候。我停下车，

亚历山大的父亲清了清嗓子，说，"好好照顾你自己，努力学习。你不想成为只开花不结果的植物。"

接受了这个听上去别别扭扭的鼓励，亚历山大拥抱了父亲，然后是母亲，之后他把包放到车的后备箱里离开。在车里，他承认道，"我不知道要做什么。他们希望我成为律师或是医生，也许做他们希望我做的是最好的方案，但是某种意义上来说，这是我一生中都在做的事情。当我开始接受一件事之后，这件事就会导致另外一件事的发生，然后是下一件事。我没有任何资源对抗，因为让我接受第一件事所出现的错误逻辑，会同样发生在第二件事上。一点点地，我的脚步越来越沉重，天空看起来越来越远，我意识到自己已经习惯于呼吸因为自己的决定，或是缺乏决定而导致的污浊空气。可是，随着时间的流逝，我已经陷入到预先设定的生活里，想要飞升变得越来越难，陷入旋涡里面变得越来越容易。我已经不再期待一个更美好的未来。有人说'未来的大多数都在前方等待'，但对我来说，过去的日子里，未来只不过是唤起了过去：好的但更多是坏的时光，成就和失败，努力寻找那些我无法清晰表述的问题的答案，结果我只是继续腐蚀自己的灵魂。这些反思是自私的魔鬼，从我的血管里吸走任何可能的幸福。但现在是时候了，我要忘记过去，继续向前。"

我们握了握手，没有拥抱。他冲着我左锁骨下方打了一拳，我仍然能感受到那个作为友谊印记的压力。他爬上火车，拉开窗户，向我致意。火车开始缓慢启动，叮叮当当驶往未来不熟悉的疆域，亚历山大伸出手，用食指对准我，像曾经那样按下拇指，最后一次向我射击，"中了！"

***

在童年老屋露台的大伞之下，我啜饮着浓咖啡，雨继续懒懒地落着。我打开了笔记本，好奇这位消失了的朋友还有什么事是我不知道的。令人失望的是，笔记几乎无法辨认，字迹急速而潦草，我决定还是等跟教授见了面再说。教授跟皮佐镇上他这一代的男人一样，退休之后无事可做，即使下雨天气不好，也极有可能出现在 Chiazza 广场享用 colazione[29]。因此我走了五十米，准备加入我父亲。他已经在小餐桌旁敲打自己的右手有段时间了，我叔叔的左手也准确地进行

---

[29] 意大利语，意为简餐。

同步呈现。所有的老顾客都聚拢在雨篷之下，雨篷从猫吧的老墙斜出，伸出约有 8 米。雨滴从篷沿落下，融入潮湿的地面，对于那些幸运逃脱大雨倾盆之刑的人来说，这更平添几分慵懒的舒适感。

教授不在那儿。相反，在不成比例的伞下出现了一位 l'Avvocato[30]，如同里加医生一样，在酒精和香烟之间不停折腾。跟里加医生不同的是，律师代表了由于这些爱好趣味导致身体腐蚀的晚期阶段：虚弱的身体，肉眼可见的震颤以及呼吸道受阻的桶状胸。跟里加医生一样，他也有着哼哼唧唧、嘟嘟囔囔、咳嗽的习惯，但韵律更具创造性。他有个独特的癖好：在这些噪音之间，规律性地把痰咳到一块展开的大手帕上，然后他优雅地再折起来，保护这中间的内容，以便他那不悦耳的交响乐可以再次开始演奏。

当我接近餐桌的时候，我的父亲显然已经等了很久，他急切地打开 Corriere della Sera[31]报纸，翻到第三页，上有一篇讲述了一个意大利美国人发现癌症治疗方法的长文章。我马上就知道这不过是假信息，并澄清这一重大突破适用范围有限——有幸得益的大概是另外一些哺乳动物。对于不是老鼠的我们来说，最重要的还是要保持耐心。我多年致力于研究癌症，所以在这个问题上有自信解释清楚，不过我的清晰评论还是激发了律师的长篇大论。作为一位镇上退休的律师，他下意识地想使用自己的辩证法技能。毕竟退休之后，他面对相关听众的机会并不多。他一只手握着第一杯茴香酒举过头顶，另一只手的中指和食指里夹着香烟，他开始发表声明，说在美国有很多成功的科学家获得极为尊贵的大奖，研究也是世界领先，但他并没看到结果。"这使我想起两个葡萄酒商带着十瓶珍稀酒去市场的故事……"

就在这时，马尔凯塞出现了，手握一把伞而不是手杖。但他同样会用新武器打招呼，在沉思的时候挠鬓角。

"那是炎热的一天"，律师继续，"他们走在去市场的路上，其中一人说道，'我说，你觉得我们喝掉一瓶酒怎么样？'他朋友提醒他，他们酿酒是为了盈利，他不希望免费给出去。第一个葡萄酒商回复说，'那我们要卖多少钱呢？''1 欧元'，另一个这样回复说。'我刚好有 1 欧元，给我一瓶，把钱拿去。'第二个酒商觉得这个逻辑无懈可击，很满意地接受了交易。然后他们继续走。当他们在烈日下走的时候，第二个酒商也意识到自己想要尽快喝到冷的带味儿的液体，以驱散炎

---

[30] 意大利语，意为律师。

[31] 来自米兰的日报名，但流行于整个意大利。

热以及路途的无聊。考虑到好生意需要公平交易，他把这 1 欧元还给了朋友，换了一瓶酒。据说，酒其实不是很好的解渴之物，一瓶空了，需要另外一瓶来确保达到效果。等到这对朋友到了市场，他们一瓶酒也没有了，只剩下 1 欧元。"

正当我们纠结如何在简明而又有意义的争论中融入智慧的时候，律师帮助了我们，"其实都是一样的，在我看来，所有这些所谓的'学者'都在沾沾自喜地生存，互相交换奖项，互相拍拍肩膀鼓励自称取得的成就，却忽视了证实他们是否真正做出任何有益的事情，以及对于那些支持他们沉溺于自我消遣的人究竟产生什么实在的回报。"

马尔凯塞耐心地等待故事的结束，冲贝尔韦代雷先生挥挥雨伞，说，"能给我们来两杯 latte di mandorla[32]吗？一杯给我，一杯给朱塞佩少爷。多谢！"转向我，他补充说，"我打赌你肯定忘了它的味道。"

我本来想喝卡布奇诺，与我根深蒂固的早起习惯保持一致，但我没有勇气让马尔凯塞失望。我很耐心地小口喝着杏仁牛奶。如同我所记得的，这味道非常新鲜，很润滑地进入我的胃。

这时，律师的个人竞赛以三杯茴香酒、三支烟结束。雨已经回复到毛毛雨的状态，我叔叔不由宣称，"Zaccalia！[33]"作为 Chiazza 广场无可争议的女王，这头顶鸡蛋篮的女人又一次出现。当游客要求为女王拍照时，她抬起手来，大拇指拍打着食指和中指，做出一个"钱"的姿势。游客从兜里找出一些零钱给她，她便微笑着摆好姿势。现在我们知道了为什么即使是在现代，这种过时的货运操作仍然保留至今，而且还生存得不错。

教授不在场，加上重新熟悉起来的这座休眠小镇所与众不同的巨大惰性，不由让我产生典型的急躁情绪——我们家好几代人都犯这毛病。我意识到自己的情绪随时可能发作，因此我借口说要找些有意思的食材做晚饭，离开了餐桌。

尽管我并不习惯于购物，但奇怪的是，在美国圣诞节期间去商场的时候，我却能够获得短暂、神秘的幸福感。也许是因为困惑，以及那些可以暂缓我节前长期抑郁、打发无聊状态的闪亮灯饰。无论如何，我确实不擅长购物。感官严重负荷——不仅仅是各类"东西"，还有商场其他购物的人，这都让我不知所措。我发现观察消费者的类别

---

[32] 杏仁牛奶，南部特色饮品，包括压榨的杏仁汁和糖，看起来像牛奶，但喝起来更像是其来源的坚果味道。

[33] 方言表达，用于形容毛毛雨。

和次类别趣味无穷，也发现自己经常会想所谓消费习惯是天生还是后天使然。

商场里颇有一些知道一切的专家。也许是因为他们已经在网上搜查过资料，他们会比较本地区其他商场的价格，甚至是与他们上个夏天去过的加利福尼亚州的商场作比较。他们能够准确指出每件物品的优点和缺点，能够精确区分出真折扣和假推广。尽管客观性是这一类表现型人物的显著特征，但是当他们描述顶楼最新打折的配件时声音里发出的颤抖，却出卖了他们内心更深层的情感。

然后消费者中又有一些怀疑主义者。不管东西看上去有多好，他们就是不买账。他们知道手机上的那个粉色塑料壳尽管很漂亮，但至少应该比标价少 55 美分。更不用说，如果你不小心，壳很容易就会被摔坏。这些零件是在中国组装的，因此很可能粘得不严实：他们的嫂子几个月前买了个类似的，就是因为中间出了个裂缝不得不送回去。幸运的是，她拿到了退款。总之，始终应该密切关注那些试图以虚高价格卖给你庸品的阴谋论，就像是那些红人队（美国一橄榄球队）的袜子洗过一次就缩水了，不管怎么说那袜子就是要价过高，尤其值得一提的是今年他们队的表现并不怎么样。

此外还有一种是冲动型消费者。他们买东西是因为东西"太可爱了"，比如有着总统头在晃头晃脑的玩偶，他们无论如何都要把它买下来，何况还打八折！要说服这些消费者多花费购物非常容易：买得越多，省得越多。

这就说到了买便宜货的人。我认为这是冲动型消费者类别中的次类别，这些人只收藏打折的商品，他们不理会商品是否为其真正所需，也不管家里是否能盛下，更不细想这物品是否是他们喜欢的。这一行为背后的逻辑是便宜货就是便宜货，他们认为买到打五折 12 只装带雪花装饰的粉色塑料太阳镜的机会是难能可贵的。

当然，最好的商场购物者是实际的买家。她的购物节奏高效，遵从商场预先设计的路线，从每个商店出现的时候都带着多余的购物袋和包装纸。她很有效率地将其他袋子像俄罗斯套娃装到里面，一直购买到最外面一个袋子用完为止。她可以花几个小时就将车后备箱装满，花合适的时间和金钱实现每个假日购物者的终极目标：用五彩斑斓的垃圾将圣诞节的无趣埋葬。

然后，我们又有绝望的购物者。我相信我属于这个群体。他们看上去像是在人群中迷了路。他们看着却又看不见"东西"。他们不知道自己的配偶或是孩子想要什么。他们不仅不知道他们圣诞节想要什么，就连他们生活所需的是什么都不知晓，这让他们怀疑自己是否真的了解他们。所有的一切在他们看来都是一样的。他们寻找新想法，但是却没有什么能满足自己的希望，也许因为他们本来就没有希望。他们想着之前的圣诞节，看到了这个游戏的重复性：绝望地为那个幸福的概念而挣扎，而幸福却不可实现。他们怀恋那个圣诞老人照管的一切、平安夜带来不安和惊喜的日子。他们不知道圣诞老人身上发生了什么，这圣诞老人现在坐在商场的一角，拿着最低工资摆姿势跟孩子们拍照。他们质疑自己在那里做什么，忘了其实他们也没有别的地方可去。最终，他们在蜡烛店里发现一个善良的灵魂，让她卖给他们一些东西——任何东西。如此，他们才不会带着这一天又失败了的心情回家。当他们从充满响铃和彩灯的商场里出现时，他们又感到了幸福，毕竟，这是圣诞。

但在皮佐购物一点儿也不一样。首先，我走进皮佐的任何一家商店，我不是人群中的一员，而是会被尊称，从朱塞佩少爷到 Signor Dottore[34]，或是教授先生，根据跟我打招呼的人的社会地位而定。我想着如果一个更低的角色存在的话，我还能有什么更高的尊称。对于一些不解或是不明事理的顾客，为了证实遵从这种称呼的无可辩驳的原因，店主会宣称："他是唐·保罗的儿子！"如此这般平息任何残存的争议。不管看起来如何，这并不是奉承，更多的是对于远距离外来事物的真诚欣赏，而这，只有通过表达深深的崇敬才能间接传达。

其次，这里没有太多东西可供选择，这完全可以缓解美国商场带来的感官负荷。另外，这里几乎没有打折的东西。尽管这里一切都可以公开讲价，但这是我没有信心掌握的一种技能。不过最适合我的是不必做决定，任何犹豫不决的人在这里都像是到了天堂。"这鱼刚到，还在翘尾巴呢！"店主会这样说，三下五除二这鱼已经装到了纸袋里，交到你的手上。"这些茄子怎么样？你见过这么大的吗？配帕尔玛干酪再合适不过。我这就加点马苏里拉奶酪，来几个西红柿，哦，别忘了罗勒叶。对了，让我去后房看一下，我这里有上好的自家酿的酒。可不要告诉任何别人，我们没有执照，按理说是不能卖的！教授先生，你一定要试试这个，非常好的新酒，叫 Critone。拿一瓶，算是我们的小意思。"最后，满满一纸袋的食物，我付了 10 欧

---

[34] 意大利语，指医生。

元。在回家路上，我试图回忆本来打算为晚饭买什么来着，琢磨着这条从海里打捞上来的活蹦乱跳的鱼有可能太大，很难适应书房里那个小淡水缸的生态系统。我该怎么办呢？

这时，我仿佛听到读者们在背后询问，这个故事要去往何方，这样的岔路是否值得。但我也想要回问一句，我们的生活不就是这样吗？我们难道不是经常放下那些最关心的事，转去处理那些让我们忙碌却又微不足道的小事，而不细想我们是否真的需要它们吗？而且，这也确实是皮佐做事的方式。这里，只有教堂的钟声是可预测的，其他的一切都要等待上帝的安排。

幸运的是，当我再次回到 Chiazza 广场的时候，我发现教授已经坐在 tavolino 餐桌旁，准备继续讲述我希望没被忘记的亚历山大的故事。这将是下一章的主题。不过在翻页之前，我不得不先讲完购物狂欢的冒险故事。

在猫吧一角耐心等我的是西乔·佩尔科科。他坐在椅子上，两腿交叉，像我的父亲和叔叔一样，望向理发店，跟自己争论得起劲。如果他的话能被人听到的话，他们所听到的也是最礼貌的态度和最合理的雄辩口才。我抱着食物走向这个自言自语的人，不禁注意到他深邃的蓝眼睛跟我父亲及叔叔的相似性，尤其是考虑到我祖上那些富有特色的大胆行为，这都让我再一次想到这个问题。但是由于他旁边没有餐桌，因此之前提到的"敲打"桌子的外显特征在此时无法进行检验和确认。最后，我只是把食物交给他照管，包括那条从纸袋里最后蹦了一下对我说"再见"的鱼。

亚历山大的成年

　　故事到现在碰到了一个非常微妙的话题，我要请读者们保密，克制住不要越过这几页把秘密透露出去。在餐桌旁，跟现在已经很熟悉的一群人坐在一起的是唐·皮诺（Don Pino）——他是皮佐镇圣乔治（San Giorgio[35]）教堂的 il Sacerdote[36]，即是在镇上每日敲钟提醒时间的教堂牧师。我之所以如此小心翼翼，是因为一向不屈从的唐·皮诺作为皮佐最顶级的教士参与了这个进行消费享受的世俗场合。事实上，他从不屈服于诱惑，别说那些他出于好意而不得不跟人群接触的场合，就连被尊贵的马尔凯塞一而再、再而三 noblesse oblige[37]的场合他也从不屈服。于是，根据里加医生以身作则教育民众应该在物质世界里避免什么的努力原则，唐·皮诺也以他的方式努力描述精神世界，以及包含了懊悔、愧疚、救赎的天主教所显示的仁慈一面——无论犯下的罪本质是什么，有几桩。

　　这并不是说唐·皮诺是一个坏牧师。事实上，他正是皮佐——一个无法容忍盲目沙文主义者的城镇所需要的：一个对于所有可以想象的罪恶都能感到同情的可信者。据称唐·皮诺对大多数罪恶都有第一手的经验（但不是每个人都敢在这个事儿上质询他）。这个城镇需要的是一个很早就受洗，却又在不可避免的情况下结婚的牧师，为那些离开皮佐再也不回来的人提供安慰和希望。在他看来，死亡不是终结，而是更好生活的开始。当然，前提是在离开之前与全能上帝解决妥当潜在的冲突。"*Dio perdona tante cose per un atto di misericordia*"——出于仁慈，上帝宽恕了很多事情——他会提醒忏悔者，从小说《约婚夫妇》（Betrothed）那里转述其中人物露西亚（Lucia Mondella）的话，暗示即使是对圣乔治最少的捐赠都足够偿还一生未必满足上帝要求的努力，从而进入天国。

　　唐·皮诺在全镇都很有名，即使是那些穿着黑衣像蟑螂的老女人都认识他。她们在教堂里唱着忧郁的连祷，发出尖锐的高声。她们也

---

[35] 皮佐大教堂，坐落于我屋前，以若阿尚·缪拉坟墓所在地而知名（关于缪拉，后边我们会听到更多）

[36] 牧师，首席牧师

[37] 法语，直译为"优雅的迫使"

许对上帝很虔诚，但无疑对任何乐神都不屑一顾。站在这群女人面前，唐会向前低下脖子，然后是头和下巴，展示颈部的脂肪、触摸下巴到胸骨，同时在心脏处交叉手。他的眼睛充满思虑、忧伤，有时竟湿润起来，就这样看着她们，偶尔地，就像是乌云突然遮住太阳那样，他的满脸愉悦会被一种同情这些偏执狂而产生的悲伤所取代。你会很清楚地看到他真诚地为这些可怜的女人感到遗憾：她们没有别的事可做，只能在这样的困境中浪费时光。

但这种悔悟与唐·皮诺自来的乐天性格不符，因此无法持续很久。故此，无论他主持什么礼拜，都非常高效，教堂会众包括他自己都可以从精神责任中解脱，再次回到新鲜的空气里，留下那些希望跟圣父、圣子和圣灵进一步谈论的人，在相对私密、满是焚香的欢欣空间独自告解，没有任何不必要的世间干扰。

唐·皮诺判定律师代表了这群人中最没有自信的那个。出于典型的慈善心，他决定展现自己的同情和忠诚，给自己点了一杯茴香酒来迎合邻座的这位。同时，唐·皮诺的出现也在安其罗·贝尔韦代雷（Angelo Belvedere）心里激发不安的预感，他想到自己有一天也会终结，尤其是沉溺于吸烟喝酒将加快这一进程。为了拉拢这位天堂谈判者大师，贝尔韦代雷先生自己做主，送来冰激凌三明治，包括切成两半的奶油蛋糕、装满自家做的香草冰激凌，此外还有脆饼以及抹了pasta di mandorla[38]的蛋糕。这些相应地迫使唐·皮诺两根手指戳到脖子后面，松开白色塑料衣领取下来，如此才能让食物因着重力作用顺利通过他的食道，而不是被牧师那像鸬鹚[39]一般的传统着装限制住。为了更好地让食物前往终点，唐·皮诺又点了一杯茴香酒，接着是加入果渣白兰地的浓咖啡。依照他的所谓愚见，茴香酒的美味跟咖啡的苦并不配。"咖啡里的果渣白兰地，就像是用玛利亚的眼泪稀释耶稣受难之苦，"他会这样说，使得在座的听众对这一原本充满亵渎意味的想象突然变成了带有诗意的描绘一脸敬畏，他自己则一脸严肃地继续咀嚼运动。

当我来到餐桌时，迎接我的是一排温暖的笑容。当我在这一天观察他们的时候，我感到了这些智慧老人对我的爱，他们在一个下雨天

---

[38] 杏仁酱

[39] 一种在中国、日本和希腊被渔民使用了多个世纪的鸟。该鸟的脖子底部会放置套子，只被允许吞食小鱼。当大鱼被吞下的时候，会被卡在脖颈处，使得该鸟回到渔夫的船上，渔夫松开套子使其解脱，然后将大鱼卖往市场。

相聚，等我。我意识到自己对他们来说肯定意味着什么：我是他们子孙的一个代表，散落在意大利边境或是国外，他们大多数都很成功，是移民的骄傲，无论如何都比呆在皮佐好得多。想到这一层，这次我没有在亲戚之间找庇护伞，而是坐在了马尔凯塞和教授中间。

"亲爱的唐·皮诺，"刚刚加入的里加医生说道，"你不应该觉得有什么不好。因为互联网的出现，很多事情都发生了改变。"

唐·皮诺观察到他的人群规模经年缩小，消失的老年代表团没有新人来补充，他担心这种消失的潜修热情至少一部分是他的错。

"咱们诚实点吧！"里加医生继续。"为什么意大利人成了基督徒，而不是信穆斯林，犹太教或是其他什么教？因为他们一出子宫就受洗了，都没机会经过胎便！"

"所以意大利人的默认设置就是基督徒，"律师说，"因为他们大部分时间都预先设定了最重要的事情，基督教——包括一切圣礼是确保他们的母亲和妻子忙碌的灵丹妙药。我们这一代人只是被动地吃盘子上盛给你的东西，我的结论是'宗教选择'是偶然事件。不要试着说服我，宗教偏好依照地理和种族只是个巧合。断言世界上每个种族的每个个体在考虑所有选项之后达成了某种共识的话，那简直是荒唐！"

这时，一杯茴香酒出现在我们头顶，律师以美国自由女神像的姿势站了起来，除此之前，我还没看过律师以同样惊人的力量咳嗽或是吐痰。

"不过现在的这些孩子不一样！他们在幼儿园学会使用计算机时就开始沉浸在信息里；那些都是我们年轻时无法想象的事情！如今流行的是与众不同，虽然这对年轻一代来说是好事，但恕我直言，对于基督教和其他基于习俗的机构来说是有害的。所以说，我亲爱的唐·皮诺，我觉得你不应该责怪自己。时代变了。"

"我完全同意律师的观点，"教授插话进来，"我们应该教孩子所有的宗教和哲学，最后让他们选择自己最喜欢的。让他们比较存在于一切宗教的那些充满寓意和恩赐术语的寓言，让他们检视存在于一切宗教的那些伪逻辑，那种强迫你去做无法以逻辑思维证实的某些事情的一致目标。亲爱的唐·皮诺，根据你的常识，"教授继续说，"你帮助更多的人皈依信仰，拯救了比所有先知加在一起都多的灵魂，因为至少你的教导正是人民所需要的，你在最需要的时间和地点带来了积极的主张。"

"而且你还不啰嗦！"安东尼奥师傅突然插嘴，沉思着点头。

"我明白你的意思"，唐·皮诺回应说。"我有时觉得自己更像是佛教徒，而不是基督徒。几年前，我跟一个基督教代表团去中国，参观了北京最老的佛庙。我喜欢在那里冥想的几个小时。我喜欢佛院的宁静和简单，那儿只有几个和尚在周围。佛像脸上都挂着鼓励的笑容，安静地坐着或是斜靠着。焚香的气味以及反复吟诵的佛咒都让我放松，感受到不灭的灵魂。我当时很有冲动要改变，尽管不确定要从什么变到什么。就在彼时彼刻，我对自己许下承诺，我生活的目标和安宁感就是永远不伤害别人以及缓解地球上精神和情感的苦痛，因为对我们凡人来说，衡量这种实践的回报相对容易。

"在我看来，佛教可以总结成'放轻松！'一种苦行僧版本的百忧解（一种治疗精神抑郁的药）。"里加医生补充说。

"有时出于其他原因，我觉得自己是个佛教徒。我觉得中国人是对的，中国人认为我们有好几条不同的命，但我想要稍微修改这个概念：我们不是先后有几条命，这几条命是并行存在的。有时我们是老鼠，有时却是老虎、狗、猫，或者是猪，"律师补充说。律师把佛教跟中国的生肖搞混了，还在里面加了猫，这大概是为了向贝尔韦代雷先生表示尊敬吧。站在高地上的贝尔韦代雷先生，他手里夹着可能是第一千支的烟，审视着 Chiazza 广场，捕捉潜在的客人，因为雨已渐渐停下来，太阳拨开了云彩。

正是这些围绕某个主题所展开的不合逻辑的推论填补了皮佐那些慵懒的上午。哲学家和学者全然不感兴趣的问题在这儿被好心的智者以简单的方式解析。而他们一生都住在那个小镇，因此他们的逻辑方案与严密的科学难免有可能出现冲突。

"没错，唐·皮诺，放轻松。你正是我们需要的。"马尔凯塞说。

安东尼奥师傅补充说，"你看啊，唐·皮诺，你也许并不完美，但是就像马尔凯塞所说的，你正是我们需要的。事实上，你让我想起了贝卢斯科尼首相 [40]。他们可以随便评论他，但没有人能指责他给意大利人带来无聊。"

尽管我们毫无例外都很喜欢安东尼奥师傅，尽管他在考量所有圆通表述的可能性下仍然保持始终如一的诚实，然而我们都觉得就算他的动机是出于善意，这样的话对我们镇最卓越的神职人物来说还是

---

[40] 西尔维奥·贝卢斯科尼（Silvio Berlusconi），意大利首相，在位九年，是历史上在位时间最长的意大利首相(1994-1995, 2001-2006, and 2008-2011)。他的生活充满了与其他女性的各种桃色丑闻

太过了。我默默发誓，也很自信知道其他人也会如此——下次当安东尼奥师傅开口的时候，我会及时把冰激凌三明治、香草或是巧克力——总之最凑手的食物——塞到他嘴里。我说大部分人而不是全部人的主要原因是因为我们大多数在椅子上感到不舒服的时候，马尔凯塞盯着自己的鞋，用伞柄挠着由鬓角，嘴角浮现微妙的笑容。我恰好看到是因为正好坐在他身边。

是教授首先提起了亚历山大的故事。"你读笔记了吗？"他微笑着问。

"当然！但只是机打的部分，其他的部分很难辨认。我希望你能给我总结一下。"

"是啊。老实说，这需要很多功夫。我也是在亚历山大得病的最后阶段曾经跟他交谈过，才能把那些潦草的笔记转成完整的故事。"

教授又看了马尔凯塞一眼寻求鼓励，开始说，"我很确定你们都记得唐娜·乔凡娜（Donna Giovanna）……"

"当然了！"唐·皮诺惊呼起来。"我们都太怕她了！"

读者们对唐娜·乔凡娜已经熟悉了，因为这个人物在亚历山大的笔记中被称作"祖母"。随着教授讲述他的故事，我的亲戚们不再敲打桌子，里加医生和律师也把他们的咳嗽和哼哼唧唧降到最少，安东尼奥师傅贴近了桌子，马尔凯塞两手交叉放在支起的雨伞柄上，并将下巴靠了上去。从这儿开始，我会转述他的讲述，只在听众中出现相关显著评论时才会把他们加插进来。

＊＊＊

唐娜·乔凡娜经历过第二次世界大战，联军经常轰炸他们，他们所在地的附近是作为德国要塞的海滨小镇。然而，对城镇居民产生巨大影响的并不是摧毁城镇核心的炸弹，而是伴随战争而来的不安、毁坏、混乱和贫穷。

继她的丈夫十年前死于肺结核，她生的第一个儿子也在第勒尼安海上的突袭飞行中被敌人的炮火击中而亡。几天之后，当他烧焦至模糊的尸体在岸边被发现的时候，他们感到很幸运，因为他的脖子上仍然系着身份标识，因此得以正式安葬于家族的小教堂。由于南意大利以往不容变动的政治格局被永远在变化的派系统治击碎，加上家族成员的逝去，这些都使家族大部分的老家产消散殆尽。更不幸的是，如果家长或长子不在场，这就意味着他们的政治关系和机智才干也会随之失去，以至局面无法稳定，使他们在内战嘈杂动荡的环境里，无法保护自己的家产。因此，周旋在那些派系统治是不容置疑的策略。尽管一切都摞给了唐娜·乔凡娜，但是她还是应付过来了。她首先把家族几年前曾经繁荣的宫殿变成了给德国人用的公寓，之后又把它让给美国人使用，以此来糊口。有传言说，美国人初登陆皮佐时，她同时为这两个国家的人提供膳宿，此时一群德国人由于行政管理上的原因不得不多呆几日，结果不期然被美国人突然侵占。据称，她在两个派系之间斡旋，跟他们谈判说在特殊的交叠时期，她的家会提供宽容的避难所，她会为两个派系在各自的宫殿两侧、在不同的时间段提供餐食，给德国办事员足够的时间组织撤离，并确保他们尽快安静地离开。

在战争的蹂躏之下，唐娜存活下来的孩子迁移到了北方，而她仍然呆在皮佐，一手重建家族王国。老庄园逐渐恢复了几个世纪之前属于这个家族的荣光与尊严。在这个过程中，唐娜·乔凡娜成了一个强硬的女人。她学会了如何领导和控制周围的人，人们对她又敬又畏。她在圣乔治教堂有一个私家露台，这个私家露台大多数时间都被闲置，她只在特殊场合下才会在那里出现。在那些特别的场合，教堂司事会把通往露台的门打开，人们为她让路，圣坛的男孩子们会过来亲吻她的手，其中之一是年轻的唐·皮诺。她经常吩咐最忠诚的仆人莎拉（Sara）点起蜡烛，捐赠钱款，同时坐在长凳处好奇地打量着教堂，仿佛在问小镇上那些也过来向上帝表达崇敬、坐在前排的战后新领袖，"我需要你们的时候，你们在哪里？"

于是，唐娜·乔凡娜像一位无所畏惧的女王一样，以不容置疑的规则统治她的王国。但是亚历山大不害怕她。对他而言，她是自己的祖母。当他们家的财富和地位重新恢复之后，他们回到皮佐与祖母重新团聚。从那时开始，他就跟祖母同住。老实说，无敌的唐娜·乔凡娜也有软肋，那软肋就是亚历山大。尽管他跟任何祖先都不像，但他漂亮的眼睛和文雅的举止让人不设防，甚至对强悍坚韧的唐娜·乔凡娜而言也是如此。她严肃的面容遮掩了对亚历山大的偏爱，以至无人察觉，但对亚历山大的哥哥阿喀琉斯来说却不尽然，他心底暗暗生出怨恨。

一个不容忽视的原因是，亚历山大是一个出奇温顺的男孩。没人能回忆起他有过任何大发脾气的时候。即使所有孩子都参与过的反叛行动里，他也是那个提出要求相互尊重和深入沟通的人，即使未必每次逻辑都是正确的。

***

为了证明亚历山大的强迫式逻辑，教授举了他从男孩父亲那里听来的一则趣事。四岁时，在经常举行家庭活动的客厅里，亚历山大的母亲说："你父亲和我好幸运能有世界上最好的孩子！"对此，阿喀琉斯极有礼貌，满是热情地回答："我们也很幸运，因为我们有世界上最好的祖母和最好的父母！"这个完美的发现本该以皆大欢喜收场，但是这时小亚历山大表达了自己的深思熟虑，"等一下，那不可能同时发生啊。"

***

关于亚历山大温顺的性格，其实还有另外一个颇有代表性的故事，这个故事直接来自他的日记。祖母定了很多规则，其中一条尤其坚不可摧：在 *contrura* 小憩期间必须保持绝对安静。无论炎暑酷寒，孩子们都必须衣着整齐地在餐桌旁吃饭。如果他们刚刚从海滩回来，还需要先洗一个澡。祖母对着装的要求是：刚刚熨好和上过浆的衬衫。孩子们都要行为端正，腿放在桌子底下，手置于桌上，但不能放手肘，咀嚼时不能发出声响。在家庭聚餐之后，孩子们要回到各自的房间，换下衣服，躺下直到"对抗时间的时间"结束。

在 *contrura* 期间休息睡觉是一项传统习俗，据说会影响孩子的健康和成长。正如阿喀琉斯迅速意识到的那样，这理论并没有任何科学根据。于是，亚历山大那个不安分的哥哥一边诅咒祖母以及之前的祖先，一边满是忧愁地打瞌睡。日复一日，年复一年。但这对亚历山大来说不是个事儿，他学会了享受这段安静的时光。每天，在这段寂静的时光中，他欣然地搬一把椅子到卧室窗前，安静地观察外面的世界。他以第三者的视角长时间观察生活，这种习惯非常适合他，以至成年也是如此，我们已经在之前的章节中发现了这一点。

温顺的性格定义了亚历山大的童年，他从来没有利用自己天生的魅力给祖母捣乱，而是友善地接受她的规则。但这一切在青春期到来时被动摇了。在这个比较复杂的年龄段，他生出一种朦胧的冲动，想要探索异性的未知领域。因此，他开始喜欢晚上在 **Chiazza** 广场流

43

连，甚至去隐蔽的 Marina[41]壁龛，而不是坐在家里的客厅一次又一次地听着家族的旧事重弹。因此，他也逐渐不再恪守由唐娜·乔凡娜规定、莎拉监督的八点宵禁制度。

自六岁被这个家族收养开始，莎拉就跟他们在一起。最初，她是亚历山大父亲的保姆，接着又成了两个孩子的保姆。随着时间的流逝，她在家庭中的地位也越来越高，到达了类似现今社会"祖母的行政助理"的高度。这个角色的重要职责之一，就是坚决忠诚地管理执行家族日常事务。她尤其适合为具有支配人格的祖母工作。多年来，她已经能够毫不迟疑地接受来自唐娜·乔凡娜的任何指令或指导。她只要消化理解指令之后，就会坚持到底，仿佛这一切都来自她之手。她执行起来就像是单方向的线程：鱼儿从嘴里吞进水，然后通过鳃排出去，一气呵成，自然简单。身着仆人的典型红黑长袍，莎拉头顶盘着圆髻，走起来摇摇晃晃。从远处看，当她反手背到身后时，会放在不对称的臀部。她一只手拿着木勺，仿佛是君主的权杖，要求服从。她管这个叫"la ragione[42]"，是对付恶作剧的戒尺。

一天晚上，教堂的钟刚敲过 8 点，她摇晃着到 Chiazza 广场来接两个男孩子，准备把他们赶回到"马厩"里的时候，她突然发现亚历山大不见了。不一会儿，Chiazza 广场的居民就围住莎拉，安慰和支持她。这其中有好几个原因。其一，孩子不见了释放了一个空前的信号：木勺失去了效力，这个带木勺的女人失去了尊严。其次，镇上的人都明白如果孩子走失的消息传到唐娜·乔凡娜那里，后果将不堪设想。第三，或许也是最重要的，这个简单而又好心的女人，对她小王子的去向着实着急。

当阿喀琉斯对当前弟弟的困境一无所知、无法施以援手时，亚历山大出现在卡尔梅洛·纳蒂（Carmelo Natti）的家门口。纳蒂先生是皮佐的电工，跟亚历山大家的关系就如同西乔·佩尔科科与我们家的关系，这也很有可能与亚历山大祖父的出轨故事有关。亚历山大怀揣王者风范通知纳蒂先生说他发起了反对唐娜·乔凡娜的叛乱。亚历山大计划搬到纳蒂先生家，因为他相信后者是个体面人，能够为他提供逃离祖母暴君的避难所。卡尔梅洛·纳蒂意识到要谨慎地接待这位叛乱分子，如果放任不管，也许他会图谋更愚蠢的计划。因此，他允许

---

[41] 船坞。位于小镇下面，沿着海岸的最初渔民的住处，包括酒吧、餐馆和夜生活等区域。

[42] 口语，意为"正确"。

亚历山大在自己家里建立暴乱总部。他家里有忠诚的妻子和两个女儿——其中比较大的那个叫玛鲁西亚（Mariuccia），比亚历山大大一岁，非常漂亮。他家还有一条小杂种狗。

时间还早，没什么可做，纳蒂先生抛下骰子，提议大家玩宾戈（bingo）游戏。全家人，现在多了一个人，都围坐在桌旁，手中握牌，并用碎桔子皮和桔核盖住宾戈牌的数字。这个可怜的电工，到那时之前都过着最平静的生活。他把羊绒帽往头上一戴，宣布要开心庆祝这个富有历史纪念意义的时刻。然后，他假装出门买冰激凌离开了小公寓。

从他自己家转几个弯，就能到亚历山大的家族宫殿。纳蒂先生沿着窄窄的巷子穿行，那时只见流浪的猫猫狗狗，很奇怪地仍然自行其是，丝毫不受这件大事的影响。同样的，整个小镇看上去与几个小时以前也没什么分别，所不同的是，当卡尔梅洛·纳蒂到达唐娜·乔凡娜统治的公馆时，两膝发抖，他注意到点亮了的窗户比以往数量多，极有可能是唐娜·乔凡娜就像拿破仑般在同等危急状态下，在位于顶楼的反革命总部一边来回踱步，一边沉思。

得到传唤之后，他爬上楼梯，想着唐娜会如何看待他为不听话的孙子提供避难所的决定，这时他在其亡夫肖像面前听到她的自言自语之后两膝抖得更厉害了。"亲爱的玛利亚圣母，如果你还活着的话，那孩子肯定不会想到做出如此愚蠢又不负责任的事情。你会知道如何照顾他，并在这个可恶的叛乱中安排能帮助到他的人。"很显然，关于亚历山大活着且活得很好的消息已经有人传开了，因此，唐娜可以专注于重新确立权威。

唐娜无法从已经离世的亡夫画像寻求到任何帮助——她几十年前就对此了然。她不得不独自应对眼下孙子的造反。她调整回以往的步频，刚好看到莎拉和纳蒂先生，后者紧张地单手持帽，并把帽转到另一只手上。他刚要开口讲话，"Baciamo le mani[43]，唐娜·乔凡娜，"她打断了他说，"Un uomo coi baffi[44]告诉我，他去烦你了！"

当纳蒂先生绞尽脑汁发掘最好的方式承认自己过失的时候，唐娜·乔凡娜继续说，"太好了！你就把他留在你家里，像软禁一样，直到我决定该怎么处置他为止。"

---

[43] 尊敬的表达方式，直译为"吻手"。
[44] "长胡子的男人"：皮佐民间故事里的神话人物，所有的年轻人都惧怕他，因为人们看不到他，他到处逛巡，打听所有的事情，向尊敬的祖母报告任何调皮的活动行为。

像过去任何伟大的指挥官一样，唐娜·乔凡娜明白自己必须迅速且不动声色地在群众中，包括在亚历山大心目中重新树立霸权。她沿着走廊又踱了一圈，其间祖先的画像好奇地审视着她。她无法想出任何她下得了手的招儿来对付她心爱的孙子，她返回来，摊开右手，指向门，提示纳蒂先生可以离开了，并宣告，"让那孩子担心一晚上吧。明天，我会让莎拉过去沟通，如果他不再做傻事回家的话，我会原谅他。"

就像从前的拿破仑，唐娜·乔凡娜对第二天的作战规划很满意，很快就睡着了，她将长期以来经受的第一次失败转化为体面的妥协，因此对自己的外交能力很自豪。

隔了几个房间，莎拉也睡了。但她睡得不怎么踏实。梦里，树的突然倒掉、陌生人的愤怒，更重要的是祖先们从画像上跑出来，用责备的眼神看着她，大厅上下走动，交换对莎拉的不满，认为她让他们失望了。

在不远的另外一个房间，阿喀琉斯却完全醒着。他躺在床上，反复回味亚历山大即将面临的惩罚，暗暗希望他弟弟的恶作剧劣迹，能使自己获得更好的家庭地位。

亚历山大完成了宾戈游戏，对着脸捧起碗，舔干净了碗里的最后一滴冰激凌。他心里默默知道祖母和莎拉都不在，不会管束他的行为。然后他上了床，睡得很沉，这并非因为他已经有了万全之策来应对即将发生的一切，反而更大程度上是因为来自年轻人的以为自己享有特权的幼稚，让他推测出一些超自然的力量会在第二天搞定所有的事情。在他邻近的床上，玛鲁西亚醒着，端详着亚历山大的一头卷发。

第二天，亚历山大醒来之后，明白了生活的问题不会自己消失。当日光透过窗帘射进来，他意识到自己其实颇想念那个舒适的房间，那个满是可爱丘比特和丰满女神壁画的小天地，同时他也发现自己一手制造出的复杂事件似乎很难找到出口。为了说服自己之前晚上的行动具有正义性，他在头脑中过了一遍那些促发叛乱的一系列事件。复习了一遍之后，他打消了疑虑，认为他除了为自由而战之外别无选择。相反，他责无旁贷，就像是美国内战期间的北方美利坚合众国反抗南方美利坚联盟国一样，而后者就像支持奴隶制的祖母。

想着目前的这一进退两难的处境根本不是他的错，亚历山大稍感欣慰，他转过身发现玛鲁西亚褐色的大眼睛正在盯着他看时，他困窘的感觉立刻消失了。像以往一样，他报之以充满魅力的微笑。

门铃响起，惊扰了这个温柔的时刻，你能想象到他的讶异。莎拉出现在门口，告知亚历山大，唐娜·乔凡娜已经给了他特赦机会，前提是他无条件撤退。尽管唐娜·乔凡娜很强大，但很显然她缺乏伟大征服者们不会轻易向敌人显露任何虚弱的精明战略。事实上，祖母的信使带来的让步信号反而增强了亚历山大的自信。这个比矮壮的莎拉更高的男孩子，强而有力地握住她的右肩，盯着她的眼睛说，"请告诉祖母，只有她同意我平时晚上在外面呆到 11 点，周末呆到凌晨的话，我才回家。在这之前，我会一直呆在这里……哪怕这意味着我的余生都呆在这里。"

很难精确描述这股台风对所有在场人士所产生的毁灭性效果。莎拉惊得合不拢嘴，拿出厚棉布手绢按压湿漉漉的前额，并摇晃着找就近的椅子坐下。纳蒂夫人抱紧双臂，而纳蒂先生觉得最好当作没听见。自始至终，他们的小狗像是嗅到盘旋在纳蒂家上方的不详气息，绕着一个又一个人地转圈，一边哀鸣着，一边敲打着尾巴，舔着任何他蹲坐着就能够碰到的手或其他身体器官。小女儿似乎不为对话所动，她将一根手指插到鼻孔里；玛鲁西亚脸红着，大大的眼睛下垂，默默想象跟王子的幸福生活，一点儿也不感到害臊。

莎拉在部分神志恢复之后，首先打破了沉默。"不要再让唐娜·乔凡娜失望。从来没有人违抗过她。她知道自己在做什么。镇长、教授、Onorevoli[45]，所有长胡子的男人都不敢跟她对着干。不要挑战这个战争期间照顾整个家庭的女人！"

她一边讲着，一边反复列举之前在类似情形下听到的例子，然而亚历山大的决心丝毫没有动摇。再一次地，他摸着莎拉的肩膀，轻轻捏了捏，一脸宽慰地笑着对她说，"别担心。Il Diavolo non é brutto come lo si dipinge[46]。唐娜·乔凡娜没有他们说的那么坏。一切都会好的。就原原本本把我这句话捎给她。"无奈，莎拉背过双手放到臀部，快速摇晃着返回，将这一失败的信息传递给她之前战无不胜的总指挥官那里。

---

[45] 称谓，用于称呼意大利国会成员。

[46] 魔鬼没有他们描绘的那么可怕。出自意大利作家亚历山德罗·曼佐尼（Alessandro Manzoni）的《约婚夫妇》（The Betrothed）第三章。

但是在莎拉离开亚历山大的避难所之后，他的勇气逐渐消退，他开始担心，"下一步是什么？难道我真要在这里度过下半生？打宾戈游戏，吃冰激凌？"

与此同时，在"联盟国"总部，唐娜·乔凡娜正准备宽宏大量地伸开臂膀，迎接浪子孙子的回归。她不断地演习这一场景，在祖先的大厅走来走去，闻了下胡椒粉[47]自我镇定，仪态端庄地坐在带有家族徽章的皮质扶手椅上。但当她听说莎拉回来之后，她放下一切，迅速跑到门口。唐娜·乔凡娜发现亚历山大没有跟莎拉回家，内心所产生的骚动无法用文字形容——即使这些文字是出自包括荷马、维吉尔和但丁在内的专家团，或者是出自莎士比亚、杜思妥耶夫斯基、契诃夫、海明威或斯坦贝克等世界一流文学家之手也是徒然。因此，我打算绕道而行，简要描述唐娜·乔凡娜在床上休息的写实肖像。窗帘紧闭，一块浸有醋的布置于前额，她像一只怀孕的母牛那样呻吟，抱怨自己犯了最可怕的头疼。对于这位被击败的女王来说，唯一安慰的是莎拉以所有家族祖先的灵魂担保，亚历山大在纳蒂那里被照顾得很好。唐娜·乔凡娜听到这里呜咽着说，"Bonu，Bonu[48]"，然后又开始呻吟。

参与过类似历史事件的人才能意识到，也许重要的时刻令人兴奋，但穿插于开端和结束的一系列事件并不那么精彩。事实上，所谓冒险，那些处于结合点的事实变得令人难以忍受的无聊，就如同英雄主义往往产生于绝望，失败则可由无聊而激发。

随着这天即将结束，亚历山大开始发现这一令人警醒的教训。在玩过几轮宾戈游戏之后，即使是看着玛鲁西亚美丽的褐色眼睛和与之伴随的深情微笑都不能让他的心情变好。他开始想着如果在纳蒂家度过余生会是什么样子，同时也开始相信历史学家没能向大众解释清楚在围攻中投降的真正原因。与我们的历史教科书试图使我们相信的不同，当中原因不必是饥荒、瘟疫或攻击者造成的不舒适，原因有可能仅仅是极度渴望逃离那些诚意保护我们的障碍，寻求新生活的可能。

他自己所做的当然不是真正的围攻，因为跟我们喜欢的故事里的英雄不同，亚历山大随时都可以从这个公寓逃离。但是，仍有一些事情让他没有采取行动。首先，当他不可避免地碰到朋友或敌人时，后者会带着自鸣得意的微笑讨论自己的小冒险，他害怕自己不得不应对这种荒唐的处境。其次，他知道"长胡子的男人"在镇上四处都是，他

---

[47] 旧时用来嗅闻，以刺激触感，防止晕倒的咒法。
[48] 好吧，好吧

们等着监视他，把他最近的一举一动报告给唐娜·乔凡娜。尽管这些报告未必是有失体面的，但只是这个简单的理念本身就让亚历山大产生受监控的不舒服感觉。

除了无聊之外，一丝丝很难解释的负罪感和焦虑随之产生。他始终相信自己是正确的，但是每次教堂钟声敲响，他总会想到祖母在家等着他，他的父母也很可能质疑他的逻辑，整个小镇无疑也对这一前所未有的谜题期待一个解释。亚历山大的不安不断累积，他决定要跟更老、更智慧、处于人生更加成熟阶段的人进行确认。他相信自己的父亲是这样一个可以商议的人，因此他告知纳蒂夫人，他要从堡垒中走出，去猫吧打个电话。你知道，纳蒂家并没有座机，这是一个还没有出现手机的年代。

当他在电话亭外面耐心等待时，他有些嫉妒地发现没有任何不安负担、过着简单生活的人有多幸运。终于到他了，亚历山大拨打了他父亲在米兰办公室的电话。在米兰，他们有家族企业，父母大部分时间都呆在那里。

亚历山大的父亲是一个很平和的人。对于像他这样地位的人来说，他对孩子看上去也是严厉冷漠，因为当时的传统认为亲子关系更像是一种任务，而不是关系。尽管他外表看上去冷漠，但当家里有困难的时候，他其实是很仁慈的，经常致力于解决问题，而不是待其恶化。想到这一点，亚历山大期待着当他在话筒中向父亲提供手头上有力证明时，像他父亲这样一个聪明又公平的人会（在客观评价所有导致目前僵局的事实之后）决定站在他这一边。事实上，他甚至认为父亲会主动提供为他和唐娜·乔凡娜调停，达成历史和解，保全双方的名誉。

亚历山大的父亲开会的时候被秘书叫了出去，迅速返回自己的办公室，接起了电话。"喂，亚历克斯（亚历山大昵称）！最近怎样啊？"父亲这样问道，装作不知道正在发生的叛乱。

这个开放式的问候，打开了关于精彩的皮佐之战的故事大门。亚历山大滔滔不绝地在电话那头讲述这场战争注定要比攻占巴士底狱、美国独立战争及内战、意大利统一运动以及艰苦卓绝的巴黎针对法西斯主义的抵抗运动加起来还要盛名远播。尽管亚历山大尽责地试图提供关于自己困境的必要细节，并将其等同为上述在历史上无疑占据合理地位的事件，也因此需要就相关议题发展出公平公正的裁定方向（即使对于大部分听众来说，这些事件与自己当前困境的相关性看上去晦涩难懂），他父亲的反应无可厚非。在亚历山大的独白还没讲几分钟，父亲就礼貌地打断他，很尊重地请他说重点。这一要求对亚历山大来说合情合理，因为他正在准备这样做，但是莫名其妙地被上述提及的各种联想打断了。

最终，亚历山大极为客观地陈述了导致他目前处境的原因。在他看来，毕竟事实大于雄辩。当亚历山大最后停下来，有些惊惧地等待父亲的反应时，他听到另外一端冷淡的声音，"亚历克斯，我很遗憾，但我不准备插手你和我母亲的争端。如果我这样做的话，她可能会杀了我们俩，而不只是你。既然是你开始的，你就应该拿出个最终决定来。你祖母是个很讲道理的人，你也会成为一个这样的人。不管怎样，我祝你好运。"亚历山大的父亲说完，在电话里给了他一个极为夸张的吻，然后挂断电话。

没有联盟军的帮助，独自探索自由的亚历山大越发不安。他手插在兜里，头向前倾，前额微微皱起。他慢慢地往回走，在总部等待的是另外一轮宾戈游戏和玛鲁西亚令人宽慰的微笑。当他沿着小巷走的时候，他总结了跟父亲的对话，他发现父亲的声音中隐隐透露出讥讽的味道，这迫使他开始质疑起自己的立场。当他回到安全小屋，他发现拴着绳子的小狗在欢迎他回家，叫喊着并寻求疼爱。这一幕稍稍建立了他的信心，至少他自己的小军队还是忠诚的。

值得指出的是，亚历山大压根没想到要给他母亲打电话。他很爱自己的母亲，但即使在他当时那个年纪看母亲，他也认为母亲只是一个谦顺的女人，她绝不会为了为他出头而跟祖母顶撞，相反，她在电话那头很有可能会哭着求他回家，并尽快跟祖母求和。当亚历山大还是小男孩的时候，父亲经常出城工作，母亲经常在床上搂着他睡，直到她自己也睡着。她睡得很不踏实。亚历山大眼睛睁着，会听到母亲在睡梦中讲话、啜泣。有时母亲会惊叫大喊，他会摸着她的头直到她再次平静下来。母亲待他更像是玩偶，而不是儿子。她有时会开玩笑，在他脸上化妆，然后把他带到镜子面前，告诉儿子他看上去像一个英俊的王子。这种事情只会发生在丈夫出城的时候，此时她会退化成一个很少有机会体验的小女孩，因为她结婚很早，婚姻也是根据家庭地位精心安排的。随着亚历山大慢慢长大，他转化了角色，把母亲当做女儿。他关心她、保护她，避免她承受无法应对的沧桑变迁。最终，他只将她看作是另外一个需要爱和关心的女人，认为她无法引领他，无论他去哪里，母亲都会追随他。尽管他很爱母亲，但他并不敬重她。

莎拉那天晚上再次出现，传来了唐娜·乔凡娜的新口谕。亚历山大可说早就准备好了自己的行李。莎拉叙述说，为了保护家族荣誉，避免亚历山大的执拗产生的进一步尴尬局面，祖母请求他回家，关上门来继续谈判，这样也避免家丑外扬的局面。出于无聊、负疚以及缺乏支持，亚历山大失去了最初的精神劲儿，接受了和解。

亚历山大走在莎拉的前面，在通往大庄园的路上，他对自己轻易投降感到失望，同时又对即将面对祖母的威严权力感到非常不安。当他爬上那个通往大厅的长长楼梯时，他想到她就在那里等着，这时他的勇气消失了，他第一次意识到自己做了什么。他对抗了他所知道的最有权力的个体，对抗了一个不畏惧任何事情、受全镇尊重和敬仰的女人。他尽他所能慢慢地走着，希望延缓最坏的结果。他倒数着白色大理石台阶，计算到达顶楼还剩下多少级台阶，死刑在那里等着他。他踩着最后的几级台阶——三、二……——如同可悲的罗伯斯皮尔[49]，以及所有历史上那些为自己冲动行为付出代价的人物。

最终，楼梯到头了，唐娜·乔凡娜站在他面前，阿喀琉斯从她身后偷偷观望，咧着嘴笑，期待着见证这个鲁莽叛逆者即将面临的惩罚。亚历山大无从判断什么会更伤害他，是祖母的训诫所带来的羞耻，还是阿喀琉斯的耻笑。但是，让他吃惊的是，祖母宣布说，"至少这个家族里有捍卫自己原则的人。你知道，你的祖父就像你一样。现在我们吃午饭吧。从今天开始，你要跟大人们一起吃饭。"

祖母做了家常的鸡汤面，这是亚历山大最喜欢吃的饭。那天他知道，这面吃起来要比他记忆中的都要香。在去餐厅的路上，他捕捉到阿喀琉斯的眼神，后者的笑容已僵硬，仿佛在质疑世上是否还有天理存在。

***

"我对这个结尾一点儿也不感到吃惊！她就是一个令人惊奇的女士。"唐·皮诺说。"你永远都不知道她站哪边。她不依赖任何传统智慧，但是她的观点却又是最具常识的。是她促成了我的升职，她在主

---

[49] 罗伯斯皮尔（Robespierre），法国大革命期间的英雄，最后被送上断头台。

教面前替我说话，'那个年轻的执事也许没读过很多书，但恕我直言，他比从你们神学院里出来的任何一个蟑螂都更懂得人的灵魂。等我死的时候，我希望他在我床边放上一杯香槟，作为最后的圣礼！'"

***

自那天以后，兄弟两人的宵禁都取消了。亚历山大再也没有回到孩子那一桌，相反很安静地跟大人们坐在一起。他很热衷聆听，很少讲话。随着时间推移，他温和的决心以及善于观察的蓝眼睛，使他逐渐成为家里的第二把手。

然而不可逆转的过程，也就是为我们所熟知的激发大多数青少年不安的"青春期"，才刚刚开始。在接下来的章节里，我们会了解到与之相关的遭际，不过目前智者们的聚会不得不随着"对抗时间的时间"的到来而暂时告一段落。

***

在 *contrura* 休憩时间，我回到了自己的房间，来回辗转反侧，等待着睡神许普诺斯清除我的急躁。像之前的那天一样，我从露台上往 Chiazzetta 小广场上扫了一眼。也许是因为天气从闷热转成来自山间的凉风，又或者是我的心情也随之改变，今天 Chiazzetta 小广场上的气象看上去生机勃勃。行人不断穿过 Chiazzetta 广场，惊扰到那里的鸽子。前一天一直在懒洋洋睡觉的狗，如今热切地沿着隐约可见的小路来来回回，像是决心追求一生的侦探任务，一直在来回摇着尾巴，适当的时候还抬起后肢，嗅一嗅味道，返回来寻找可能的神秘线索。

甚至猫也不再自我沉溺。狗过来给他致敬，猫弓起后背进行回应，尾巴挺直，用一边蹭狗的胸部。当狗尊敬地或许有点儿侵入性地闻猫的后部时，猫（以更大的情感肯定）站起自己的后肢，向后倾斜自己的耳朵，像是战斗机的两翼，前肢对着狗的鼻子以三下快速拳击手式的猛戳，让他的朋友狂打喷嚏。狗同样以热情回报，伸出又大又臭的舌头舔猫身上一半的毛，给后者一个利用 *contrura* 的剩余时间来整理毛发的机会。

在 Chiazzetta 的对面一角，镇上的傻子坐在靠墙的一个歪歪斜斜的老椅子上向这时经过的行人敬礼。他的咆哮失去了以往的刺耳，不知怎的被微风从枯燥单调的连祷改造成了和谐的小夜曲，具有自己独

52

特的旋律和节奏，甚至引得前一天扇过他耳光的漂亮女人也笑了起来。

　　不过，今日与昨日的不同，跟永恒不老的 Chiazzetta 广场在这十几年来无视时间所经受的一切相比，毕竟还是太微不足道。我逐渐开始意识到在 Chiazzetta 广场不同的角落里，我的老朋友和熟人正在随着时间渐渐消失。他们作为鬼魂继续在这里徜徉，眼睛看不见，但他们生动地活在我的记忆里。我想着那条狗，他也许是在循着他的足迹，摇摆着尾巴指出那些秘密的亲吻、温柔的举止以及友好的握手等出现的地点。只有上帝才知道，这是哪年哪月发生的事。

　　那天下午我没睡。相反，我躺在床上，对比现在和过去，改变的和永恒的。我在思考未来还剩下多少能留给我的亲戚、我的朋友、我的熟人，以及那些在我遗忘的瞬间以热情拥抱我的智慧老人。

幕后生活

    Spuntone 或"*La Pizza Punta*[50]"，是皮佐梦想之帆的船头。从那个礁石之上的点，太阳自地平线向大海铺就了一条银毯，梦想就在上面自由航行。就是在那个海角隆起的地方，你可以在每个傍晚眯起眼睛观察落日。从那里，你能看到海岸线在海浪中间蜿蜒。远处，包含一座活火山的斯特龙博利岛（Stromboli[51]）周期性地喷出一股股的烟。云彩在这里呈现出富有创意的映像及反射，与将逝的日光惺惺相惜。也就是在这个地点，你会思考下一天会带来什么，下一天的下一天会是什么样子。

    当然，大多数梦想也只是停留在梦想上而已，永远都不能实现。实际上，这其实是上帝所赐，因为实现了的梦想不可避免地就会失去了欢腾的想象力，并且随着惯例生活的进行而变得平淡无奇。那些离开皮佐去别处创造未来的人，跟随年轻时期的蓝图而去，阶段性归来，在紧接着日落之后的暮光中发现，年轻时梦想的味道并没有跟随他们到遥远的土地上，也没有到他们的新家。相反，他们的梦想停留在开始的地方，耐心地等待梦想家们在 Spuntone 与他们重逢。

    Spuntone 沿着海的方向，坐落在皮佐 Chiazza 广场的舞台一端。沿着外缘，俯视海浪，还有在太阳底下烫人，但在日落时却变得舒适怡人的水泥长凳。那时大多数长凳都被占据，但不知为何，很神秘地，总剩下一条空余的长凳，很显然是在等待一个孤单的人。这个孤单的人会坐在那里，很专心地观察地平线，错误地将时间等同于距离，向天际寻求关于未来的线索，但是无论他眯起的眼睛能看到多远，答案却不可避免地无法企及。

    那天下午，当我回到 Chiazza 广场时，也就是在那里，我发现了马尔凯塞。他以极有个人特色的姿势坐在那里，手交叉置于手杖的柄上，下巴靠在手上。他的手绢没有作为装饰品放在亚麻外套的前兜，

---

[50] 直译为"皮佐的尖顶"
[51] 在第勒尼安海的一处小岛，位于西西里北部海岸，包括意大利三座活火山之一。

而是握在他的左手里。我靠近他的时候发现他的眼睛看上去湿湿的，于是我问道，"Tutto bene[52]？"

他用手绢擦了下右眼，笑了笑，再次扫了一眼天际，只是说，"上了年纪难免发癫！我们走吧！你父亲和其他人在这儿有一阵子了，正在等你。我们去猫吧。"说着，忘了用手杖敲打我的肩膀，他抓起我的左臂，就势把自己从长凳上拉起来。相互挽着手臂，我们在严肃的翁贝托一世（Re Umberto Primo[53]）半身雕像监督下，向在 tavolino 餐桌旁的朋友们走过去。翁贝托一世正是传说中"长胡子的男人"的灵感来源。在我们去 Chiazza 广场中央的时候，马尔凯塞从他突然的伤感中恢复过来，对行人尊敬的致意，报以一如既往的神秘微笑。

那些老人们都在那里，包括唐·皮诺。他很快就结束了晚祷仪式。他们无需朋友们的劝说，就已经坐在餐桌旁，露出一脸令人信任和宽慰的笑容。很显然，这些老人很积极地聚在一起，期待听到更多关于亚历山大的故事。这不由得使我既感到温暖，却又对老朋友不禁有些嫉妒：即使亚历山大已经不在人世，但是他仍然能够成为舞台主角，至少他暂时取代了朱塞佩少爷。

教授已经迫不及待要继续讲故事了。"*Buona sera, buona sera cari signori miei* [54]"他跟马尔凯塞和我打个招呼。"坐下来享受一下这个凉爽的夜晚！一杯内格罗尼鸡尾酒给少爷，一杯咖啡酒给我们的马尔凯塞。"各种暖场之后，我们都坐下来等着聆听故事。

"关于女性的性侵犯大家已经说了不计其数，但我们是否意识到男人也会成为女人的强奸对象？"教授开始了。

"我当然知道！如果我不知道的话，谁会知道？"唐·皮诺热情地打断他。这时，他忽然发现十四只睁得大大的困惑眼睛好奇地看着他，于是他解释说，"我的意思是……因为人们的忏悔所以我知道这些事情啊！那种鱼能从网里挣脱简直不可思议！"他将听众的关注重心重新转移到原本的故事上，他羞怯地补充说，"不好意思打断你了，唐·西乔，请继续。"

"那是亚历山大第一次的性经历..."

***

　　亚历山大的家在距离皮佐南部只有几英里的海边有一处延伸至山顶深处的房产，其中包括一公里多的私家海滩。那里枝繁叶茂，有香蕉树、无花果树、上百年的橄榄树、多刺的仙人掌和一生只开一次花的龙舌兰。在这样酷热的夏天，农民每天都修建新的沟渠来适应农作物的需求——新鲜的泉水由此运送到果蔬那里，喃喃自语的沟渠因此能够温柔地灌溉着西红柿和葡萄。在房屋的阴凉处步行，海风吹拂，燥热的日子也变得分外宜人。

　　这处巨大的庄园孤单而隐秘，年轻的兄弟俩从中发现无数的秘密。在那里，他们整个夏天都显得无所事事，只能由得想象力漫游四方或百无聊赖地观察果农。每天上午他们会去海滩。从庄园一角出发漫步海滩显得十分漫长，因为一排沿海边达 20 英尺的礁石遮挡在那里成了天然的围墙——鳗鱼和章鱼在那里过着无人打扰的生活——没有任何陌生人能够有机会靠近它们。正因如此，尽管这里充满了自然之美，他们的海滩天堂却显得有些荒芜，看上去无尽的空间只是他们想象中的水上乐园。当他们从海边返回，在山腰处的家中别墅吃午饭时，这意味着这一天余下的时光将会是毫无生气。如同大人所教导的那样，在 *contrura* 期间，他们只能躺在铺有亚麻床单的床上，窗户大开。午后微风撩起窗帘，欢快地舞动。近旁海滩吞吐着浪花，声浪滚滚。偶尔地，一个会从床上爬起来，挥动苍蝇拍猎杀这些千方百计从细密的金属纱网里钻进来的家伙，而另一个则在一旁看着。

　　也就是在那个家，亚历山大在八月的一个清晨去了海边，跟随阿喀琉斯的所谓"印第安风格"，和之前机打笔记中提到的那个声名狼藉的表姐。为了保护她的隐私，我将称她为"表姐"，让我解释一下：无论是她的外在容貌，还是个性，她的魔力都深深印刻在亚历山大的记忆里。

　　表姐二十出头，中等身材，她还是小女孩的时候就遭到父母的无故遗弃，然后被这个家族收养。她穿着的浅色衬衫很透，其间隐约可见。她的胸部很细小，但很有形态，尤其是大多情况下她都不戴胸罩。她的身材很吸引：小巧雅致。走路来像芭蕾舞演员，转头却不转身，手部轻柔摆动，如同飘浮在池塘上的水莲花。她一头黑褐色的头发，经常以一束花，甚至是从地上捡起的小树枝作为头饰。她深褐色的皮肤看起来像铜造般，微笑着的碧蓝色眼睛不知为何总是同时闪烁着惊讶和调皮。她态度温柔，怜惜穷苦病弱之人，关心村里的傻子、植物以及那些她称为"Orfanelli[55]"的流浪动物。亚历山大还记得十年前当他只有四岁，而她大概十多岁的时候，她为一只死于食物中毒的小猫而哭泣。当阿喀琉斯调侃她过于软弱时，她拿手绢砸他，然后带着亚历山大把这个可怜的小东西埋到露台的一个大罐里，让那里的柠檬树为它提供长眠的避难所。

就表姐总是走在队伍前列，步伐自信，仿若知道自己要去哪里，不仅现在，也包括她的余生。她说话总是不转身，让那些话语随风飞到追随者的耳朵里。她接受过一定的教育，在大学里念过历史和哲学，但这些学习显然没有影响她的随性，她大概只是了解了大略的历史事实和具有影响力的思想家，仿佛他们的存在只是在原本自我充实的生活周围进行一些装饰性的熏陶，像是五彩缤纷的壁纸一般。

就像很多具有创造倾向的人一样，表姐满足于实现自己的生命激情，除此之外，并无他求。对她而言，这意味着对维系两性生理关系的热衷探索。在她看来，性是一种创造行为。触碰和抚摸一个男人的身体像是一种艺术追求，就像是画家用笔刷在画板上舞动。对她来说，激发出高潮是巅峰实验，制造高潮是实现终极目标。这是一件总能让她感到惊奇的乐事，堪称自然的奇迹。

两个男孩跟他们的母亲在别墅里度过整个夏天。在大学完成最后一门考试的表姐回来加入他们，目的本是来照顾他们的。就如我们所说，他们三个快活地向海滩走去，她在前面，身着一件印花棉真丝裙，阿喀琉斯带着浮潜设备跟在后面，亚历山大则带着充气床垫、毛巾、防晒霜及其他随身用具巴巴地跟在两位"前辈"后面。

如同八月通常的日子，那天的海水温暖宜人。很快亚历山大潜入水中寻觅礁石下面的小黑蟹、海胆、帽贝、海参及生活在潮汐池的其他生物，还有栖息于深海的那些像绿宝石那样的液体物体，它们似乎笼罩着永恒的神秘色彩。亚历山大尤其喜欢章鱼，它们害羞地躲藏在洞穴里，以不对称的眼睛左右狐疑地打量，或是迅速地游开以躲避出其不意的捕捉。亚历山大学会了捕捉它们的技巧，他仅需要伸出手，就能诱使这小家伙忍不住伸出触角来抓他，因而被它的"猎物"从洞穴里取了出来。亚历山大把章鱼放到泳衣里，确保这家伙紧紧贴住自己

不会逃逸，然后他游到岸边，向阿喀琉斯和表姐展示战利品。他们最后一起把章鱼放到潮汐池里，后者在安全的一角静静呆着，并回应人的对视。

亚历山大心满意足地观赏着这个临时的猎物，手放在臀上休息，盐水从他蜷曲的头发上滴下来，湿漉漉的泳衣紧贴着身体。这时，表姐接近他，在礁石上展示自己优雅的身姿，像是哥本哈根的小美人鱼，开始爱抚亚历山大的下体，那里已经从早年像虫子一般的形状发展为香肠大小的正儿八经的比例。"我看到香蕉已经熟了喔。"她这样说着，面露鼓励的微笑，同时继续温柔地抚摸亚历山大的阳具，于是那里不听主人话，不成比例地扩展，如同充了气的救生圈，这让亚历山大很是尴尬。面对挑衅的表姐和大笑的哥哥，他不知该如何反应，恼羞成怒，他像打苍蝇一样，甩开了表姐的手，然后蹲下来看章鱼，后者似乎对他在如此自然的状态下表现得如此尴尬表现出默默的失望。他温柔地让章鱼从礁石上松开触角，放到自己身上，然后回到水里，让章鱼慢慢脱离自己，然后他跑到绿色的深海里，让新鲜的海水平复他的情绪，释放之前提到下体膨胀造成的紧张。

那天吃过晚饭后，他们坐在别墅的露台上，跟他们的母亲一起俯视大海。表姐非常可爱地注意到月光在海上划出一条直通他们的月光之路。"多么浪漫的巧合啊，月亮为我们铺了一条路呢，这难道不是奇迹么？"她说着，一脸恶作剧般的笑容，转向亚历山大。后者在黑暗中分辨出她蔚蓝色的眼睛，汽油灯的光亮摇曳着，他闻到了她颈后茉莉花的香水。庆幸她没有要学光学课的意思，他同意表姐所谓奇迹的说法，没有任何补充。

晚上，他们在面朝露台的三张相邻的床上就寝：阿喀琉斯在左边，他自己在中间，表姐在右边。彻夜难眠的他观察着起舞中的窗帘，透过窗帘，凝视着天空上的月亮。忽然，他觉得有一颗星星以充满好奇的的目光压迫着他，出于未知的原因，这星星对他尤其感兴趣，透过边窗持续从深蓝的天际盯着他。

当他躺着聆听蟋蟀的叫声时，他忽然闻到茉莉的芬芳，朦胧中他感到表姐掀起他的亚麻床单，轻轻地在他身边躺了下来。她的头靠在他的胸上，手抚摸着他赤裸的躯干，慢慢伸到下面解开他睡裤的带子，再一次重复了上午的奇观：将下体变成成熟的水果。如果精神分裂症是一种个性的交错，那么对于亚历山大来说，这体现在身体的上下部分：上半身竭力宣誓主权，而下半身则完全不受控制。似乎他的两个灵魂出现了完全的割裂，上半身的那个灵魂四周查看阿喀琉斯是否有醒来的意思、聆听另一个房间是否有他母亲走动的声音，思考着一个男人在这种情况下应该作出的反应；下半身的灵魂则逐渐接受这种撩拨，同时传送一种过了电般的愉悦感到上半身，让他的决策过程更加混乱。亚历山大缺乏从自己的欲望中逃离的决心，这时候表姐开始亲吻他的躯体，并慢慢过渡到下面感兴趣的部位，用自己的柔唇替代了手完成之前的动作，直到他的下体产生温暖的释放物。表姐的头再次移动上来，用湿润的嘴唇亲吻亚历山大紧密的嘴。她再次靠在他的胸口休息，将他的右手移到自己的两腿中间，迎接她的高潮。

第二天早上，亚历山大回想起晚上发生的事情，仿佛做了一场梦。那一夜的愤怒、痛苦和焦虑已经消散，他看着漂亮的表姐，产生既厌恶又敬畏的混合情绪。事实上，这位学徒对此很难感到遗憾，也没有觉得过分后悔。表面看来，他的生活并没有因此而造成不可逆转的伤害，而事实上，接下来的晚上，他都等待她的到来，而她也的确出现了好几次。不知为何，那个夏天他们从来没有真正发生性交。一方面他不知道该如何做，另一方面她似乎也不太在乎，仿佛他只是自己的开胃菜而已。

一天晚上，亚历山大观察到表姐也造访了阿喀琉斯，并且意识到他俩实现了完全彻底的接触。在那之后，他总是忍不住在她熟睡之后钻到她被窝，但从没勇气作出进一步的行动。时间渐渐流逝，日复一日，夜复一夜，那是个他无法忘怀的夏天，充满了又苦又甜的奇怪记忆，以及那种既喜爱又保持距离、无言却又有身体接触的刺激。最终，他形成了这样一种印象：爱是通过肉体交换、充沛的激情和机械化姿势来表达的，无需词汇、耳语、承诺或梦想。

***

"她确实是个人物！她很少过来忏悔，但一旦忏悔，就能让Addolorata[56]也哭起来！"唐·皮诺说。

"因为嫉妒？"安东尼奥师傅问。这当口儿没人听他。

---

[56] 七苦圣母。圣母玛利亚的代表，身着黑色，哀悼基督之死。其雕像位于皮佐圣乔治大教堂的右侧。

　　"我经常会想，她的故事是否真有其事，还是她想编造了一些故事来考验或是挑战我。"唐·皮诺继续说，"老实说，她好几次都达到目的了！"

　　"几个月之后……"教授继续讲道…

***

　　亚历山大在一个朋友家度过了下午的时光。在底层楼板上，男孩子们造了一个拳击台。由于没有绳子，于是他们用胶带在人行道上贴出战场的边界。主人收到了两人组拳击手套，男孩子们因此很开心地轮流击打对方的侧面、脸和嘴：任何腰带以上的区域都在范围之内。亚历山大对这类运动不感兴趣，但出于同伴压力，于是轮到他时他也得比划两下。他带上头盔，调整好手套，站在一个像铁铸成的矮个子男孩面前。开场之后，他的脸中央马上遭受了一记快速的击打，然后立即倒地，稍事恢复后，几滴尚有体温的血从他鼻子里流出，染了裤子。

　　主人怕极了，冲着矮个子男孩大叫，手足无措，除了揍对方的脸之外无计可施。然后他喊道："玛鲁西亚……玛鲁西亚！"

　　我们已经熟悉卡尔梅洛·纳蒂的女儿，她应声从仆人的住处赶过来。她看到自己的王子躺在地上，状态糟糕，她再看向自己的主人，那个刚刚召唤她以及冲着矮个子大喊的人。这种情况下由于习惯使然，她不禁涨红了脸。

　　"玛鲁西亚，请照顾亚历山大。这个傻瓜不小心打到他脸上了。我很抱歉，亚历山大。请原谅我。他不知道你是谁。"

　　不过亚历山大一点儿也不在意，首先，他不关心拳击。其次他不关心这主人，他之所以在那里只是因为自己没能坚决推辞之前的邀请。因此他很高兴终于有理由摆脱无聊的陪伴，接受玛鲁西亚的照顾。

　　那是一个凉爽的三月下午。空气清冽，窗户大开。窗帘无休止地随风起舞，玛鲁西亚将一条又冷又湿的布敷到他鼻子上。她已经在这主人家呆了几个月，学着在这个离皮佐很近的小镇如何给显赫的家族做佣人。这个职业很适合她，因为她性情温和，很乐意遵守和执行命令，尽管她不一定最有机灵劲儿，但是她态度极为端正。

很明显对亚历山大来说，她着实关心他。看上去她已经暂时忘记了对他的爱，而是把注意力完全集中在他流血的鼻子和被血染了的裤子上。在她忙着按压住他的鼻子和擦拭他的裤子时，他能从上方看到她完美的胸部：新鲜真实，紧实地包裹在她简单但线条显著的裙子里，富有生命力。

他忽然觉得需要在玛鲁西亚的床上躺下来，就像是很多面对类似情形的男人出于心理的眩晕感觉得不得不做的那般。于是他躺了下来，玛鲁西亚坐在他身旁，按压着他那已经停止流血的鼻子。他伸出一只胳膊，捉住她的前臂轻轻地揉搓着。

"谢谢你！"

玛鲁西亚没有回应，而是垂下眼睛看向毛毯。受她的消极反应鼓舞，亚历山大对着床头板调整了枕头，坐起来，再一次看着她，并缓缓地将手往她的胳膊上方摸，越过肩膀到达脖颈。这时，他用手抵住她的下巴，扳直她的头，而她的眼睛依旧看向下方。她继续回避他的眼神，他开始亲吻她的嘴唇，然后轻轻把她放倒在自己身旁并继续亲吻。他亲吻她的嘴，脖子，耳朵，然后打开她的腿，没有除去她的内裤，而是拨到一旁，跟她做了爱。于是，跟玛鲁西亚一起，亚历山大在这种奇怪的情况下失去了处男之身——他的朋友们在楼下的一层开心地互相击打，他的鼻子还然肿着。

玛鲁西亚不再是佣人。相反，她现在住在宾夕法尼亚州，多年来是个足球妈妈。事实上，她现在是个足球祖母。她的其中一个孙女看上去很像亚历山大，而且是传奇的足球运动员。这位足球明星的父亲看上去也很像亚历山大，但是亚历山大对此一无所知，因为在这件事情发生的几周之后，玛鲁西亚就被送到美国，跟她的叔叔一家住在一起。

当一只小猫很快成长为技术熟练的捕猎者时，类似这样的"成绩"也层出不穷，不过大多不值一提。

这时，一个女孩出现了。她的出现注定在亚历山大的生命里留下不可磨灭的印记。她是坐在他后面几个座位的同学。她很漂亮，也很害羞，亚历山大一开始很少注意到她，也许部分原因是因为他知道同学之间的关系很少是随意的，经常会演变成令人烦恼的情事，而跟老一些的女人交往则不会让他感到有任何负担，也没那么复杂。不过随着时间的推移，他开始注意到他背后传来的温暖目光。当他转过身寻找这温暖所在时，他发现两只褐色的大眼睛很快地转移到打开的书页上。他也注意到午饭期间，她经常就在附近逗留，很难说是巧合，而且她还经常在窗户里打量自己的投影，并调整一头又黑又粗的头发里不那么听话的卷儿。

一天，或许是出于冲动，亚历山大走向她，用一种极具催眠性的眼神锁定她，左手温柔而坚定地握住她的右臂，简单地问道，

"今晚你想跟我一起去码头走走么？"

那天晚上尤其的美。新月悄悄从堆积的云层中透出光亮，海风温暖芬芳。几只蝙蝠围着远处的街灯柱静静地盘旋，海滩边唯一可识别的光来自碎波上方泡沫发出的磷光。不那么刺鼻的温和咸盐水味道伴随着海边小夜曲的哼鸣以及沿着海滩一路不断的回响。

当他到了码头的时候，吉安娜（Gianna）已经等在那里。她听从亚历山大的指令，从一个极有控制欲的父亲和一位极有保护欲的母亲那里逃出来。因其简单优雅而美丽，她不需要妇女经常用的那些化妆和修饰来突出自己的线条，以至失去新鲜和天然美。

亚历山大到了之后心事重重，因为他察觉到自己很想尽快了结此事。他对自己很冲动地约她出来感到恼火，并默默对此感到后悔。他意识到她对他来说太年轻单纯，而且因为她置身于相同的人群，如果他们身体发生接触，他就无法有任何情感空间。不过，他又感到无能为力，因为不知道怎么扭转由自己开了头的这一处境，也不知道要如何停止无可避免发生的事件。因此，他们把鞋丢在一条系在岸边的船旁边，光脚逆流而行。

当他们走向深夜，走向更黑暗之处，吉安娜碰了他的手，并握住他。这时她悄悄耳语："我爱你！"，然后两只手抱住他的右臂，她把头靠在他的胸口。这个搂抱让他想起了那些漫长的不眠之夜，他的母亲在他旁边辗转反侧，像他同情当时的母亲一样，他也同情这位新朋友。他用强壮的臂膀环住她的腰，温柔地举起她轻盈的身体，亲吻她。他们进一步往黑暗里走，发现了一处安静又隐秘的地方，做了爱。当她再次跟他耳语，说她爱他时，由于当时的激情所致，亚历山大回应说："我也爱你！"之后他们又在那里呆了一会儿，手仍然牵着。就像灰姑娘一样，吉安娜忽然跑回家，她知道父母在家里狐疑且冷漠地等着她。她知道父亲会像之前一样扇她一耳光，不过这次至少，有了确切的理由。

亚历山大不爱吉安娜，但是他观察到她仓皇中逃跑并消失在黑暗里的优雅身姿。他生平第一次意识到自己回应了爱的告白，这使他非

常不舒服。"爱跟这个有什么关系呢？"他这样想着，因为这位可怜的年轻人从来没有考虑过这种对大多数人显而易见的情感；身体和情感的关系，事实上，是拥抱彼此的。他质疑着发生的一切，以及那三个简单的字的交换意味着什么。那晚他回到家，充满了空虚和不满。他只希望他从来没有跟这样一个单纯而又值得信赖的灵魂玩这个危险的游戏，一种不祥的预感笼罩住了他。

　　一切都已太迟。吉安娜爱上了他，并下定了决心绝不离开他。她在学校门口等他；如果他假装没看见她，她就冲他挥手；如果他看上去心不在焉，她就一边挥手，一边持续喊他的名字，让他恼怒，让他尴尬。不时地，她还会试着给他背书包，或是牵他的手，或是在同伴们喊他的时候替他回答。他开始恐惧午饭时间，就算是空闲时他也把头埋在课本里，假装他要补课。放学之后，不管他发明了什么理由，她总是会围绕他的安排，让他没法一个人呆着。尽管他不止一次地暗示他希望要回自己的自由，然而她并不理解。

　　他没有其他选择，只能开始忽略她，并当着她的面表现得仿佛她不在那里似的。他会跟其他女人调情，尽管他一点都不关心她们；他会跟她们开玩笑，讲暧昧不清的荤段子，就是不回应她的问题。当他看到她凝视自己的那种充满恍惚的悲伤眼神，他内心感到痛苦和内疚，但他仍然违背自己的人格和性情，表现得勇敢无情，因为他实在不知道该怎样做才好。

　　在那次充满预言色彩的漫步之后的几个月的一天晚上，他跟另外一个漂亮的女人坐在码头的一个小游廊里。当时是晚春，空气中的热开始让他有些难受。他们没有看到吉安娜怎么就忽然到了面前。亚历山大礼貌而又稍带轻蔑地跟她打招呼，但她没有离开的意思，相反在他们面前看着他。为了结束这难以忍受的尴尬气氛，他从这个熟人这里离开，握住吉安娜的臂膀，紧紧拽着她到了一个隐秘的角落。还没等他开口，吉安娜问道：

"你为什么要这样对我？"

"对你怎么了？"他回应道，假装无辜。

"我跟你说正事呢，亚历山大。你为什么要跟我演？你为什么不尊重我？你为什么跟其他女人出去？你以为我瞎了吗？你以为我听不到别人都说什么吗？你以为我不知道你昨晚上在哪里，大前天晚上在哪里吗？"她不停地控诉，亚历山大摇着头，用手捂住她的嘴，想要让她静下来。

"吉安娜，"他终于可以插进话来。"我不爱你！我很抱歉。这一切都是个错误。我真的很抱歉！"他一气说完。

最初，她朝下方看着自己的脚，不再说话。然后她转向大海和落日，眼中充满泪水说：

"我太爱你了。我离了你不能活。你明白么？"

亚历山大笑了，回应说："你能。为什么你要爱像我这样轻率的人？你比我好，你会找到一个更好的人。回家吧，让我一个人呆着。让打麻机在茅草里休息，让玫瑰在天堂园盛开。"

得意于自己充满男子汉气概的结语，亚历山大回到另外那个姑娘身边，后者交叉双腿，手里拿着一根烟在等他。

星期天早上，这一幕不幸的场景发生之后的第二天，亚历山大的母亲来到他房间，如同天使耳语一般，她说道：

"桑德罗……桑德罗，你醒了吗？"她手里握着一张报纸。他转过头来，她问道："吉安娜不是你在 Vibo[57]的朋友吗？"他好奇地看着母亲，一只手臂支在枕头上，头正过来，他认为他听到了这样一句话：

"昨天她自杀了。"

他从床上弹起来，从母亲手里夺过报纸。他看到漂亮的朋友和情人的脸，微笑着，充满年轻的热情。她美丽的黑发顺着脖颈和肩膀垂下来，脸上带着那晚在码头等他时的单纯表情。报纸上的文章简单描述了她在父母外出时打开厨房里的煤气。当邻居们最终闻到公共楼梯井里的甲烷气味时，打电话给消防部门，但为时已晚。她坐在那里，眼睛睁得大大的，头顶着瓷砖，肩膀垂在瘦小身体的两侧。

"是的，我认识她，"亚历山大说着，用手掌覆盖住双眼和脸，他极有可能哭了。

尽管一些朋友可能有所怀疑，但是亚历山大从没有向任何人提及过这段关系，因为无论什么话语都不能恢复她的生命和他自己的生活。第一次，他经历了不可挽回。他看到尖锐的分野；一道不可逾越的鸿沟出现在无忧无虑的青春，和突然不可避免的充满怨恨的未来之间。他感到无法弥补的罪恶感。他回想起最后一次看到她的时候，如果他能抱住她、安慰她；跟她说话而不是打发她该有多容易，或者是跟她合作，做任何能避免无法补救的局面的事情该有多好。他并不知道，他只能部分地归咎于自己，因为他太年轻了，没有经验，无知到

---

⁵⁷ 维博（Vibo），距离皮佐很近的镇，地区高中所在地。

无法理解生命的复杂性，也无法预见到灾难的发生。最终，带着自我厌弃，他郑重其事地对自己发誓，再也不用"爱"这个字。

***

　　"我记得那回事，"我父亲说。"我记得你们所有的男孩子都很失望，我回忆起你穿戴整齐去维博出席葬礼，尽管天很热，你坚持要穿黑色羊毛套装。"

　　"是的，我也记得。"我说。"不过我不知道那跟亚历山大有关。他从来没有向我交代过任何关于她的事情，也没有向我提到过你刚才描述过的任何故事。当然，关于他们之间是有一些传言，但他周围总有一些骨肉皮，因此我们猜想她可能是其中之一而已。我相信我们从来没有看到他在公开场合对她或其他女孩有任何过于亲密的表现。"

　　当我混合着最后三分之一的内格罗尼酒时，我思忖着我的朋友守住的这些秘密，以及伴随着他的痛苦。我好奇为什么他从来都没跟我，或是跟任何其他人提及这些事情，为什么到最后才向教授坦承。

　　"她是个美好、单纯的姑娘，来自一个谦卑的宗教家庭，"唐·皮诺补充说。"当她所在教区神父说由于她死亡的性质缘故，所以不能在教堂接受祝福，也不应该埋葬在普通公墓时，她的双亲非常失望。他们过来找我帮忙，一同去找警察局长求情。一开始，他拒绝帮忙。他来自北部，不懂我们这边的规矩。他坚持说，不同于我们这些Terroni[58]，他习惯了遵守规则。最后，我们的固执瓦解了他，他背对着我们，向窗外望去，说道，'我已经签了文件，但如果你想的话，可以把'自杀'划掉，写成'意外'。我不会再重复看它。这就算了。"

　　"棺材里的她很美，一身白裙子像是婚礼礼服，来自知道的、不知道的地方送来了很多的花。"

　　我们跟老人们握手道别。那边晚上我们在能俯瞰大海的露台上吃了晚饭。我们开始用餐的时候天已经很黑，因此保留了隔壁房间的那个灯笼，获得一些间接的光亮。长方形的灯盏，通过半开的百叶窗透过来，保留了墙壁的白色，使得黑夜不至过于晦暗。我们的朋友壁虎趴在那里，如同它好几代的祖先一样，耐心地听着我们的故事，那些老故事或是新段子，由那些十几年前来自我们祖先的声音讲述，坐在同样的椅子上，跟我们的故事交织在一起，淹没在时间的记忆里。我

---

[58] 意大利北方人对南方人的带有贬低的表达，意为"那些在田里劳作灰头土脸的人"。

们的晚餐包括 antipasto[59] 跟一些本地佳肴，清淡的主菜海鲜米饭、炸 surici[60] 和西瓜，一切都淹没在一瓶又一瓶的冰镇 Critone 酒里。我买的鱼找到了一个安息之所，被腌渍在醋和柠檬汁里，供第二天享用。

第一瓶红酒下肚之后，亚历山大的故事已经飘到我们的脑后，谈话触及到更加严肃的话题：深入讨论我的发型。是我的母亲开启了这一痛苦话题。她说我的头发跟年龄、职业地位或是总体声望并不匹配，同时也是对整个家族礼仪的羞辱。我必须承认，我不喜欢去理发店，那种等待着被传唤和等待不明候补名单的焦虑使我抓狂；在一群陌生人中无聊地坐着，假装阅读 Vogue 或是其他可笑的杂志，然后随机跟一位祖母扯闲篇儿，而她的孙子却到处乱跑，打断我的阅读等各种格式的干扰都会点燃我之前提到的烦躁，破坏我喜欢的聚精会神的状态。因此，我对自己的头发通常都是消极拖延，直到同伴的压力无法忍受，或是头发长得实在太乱七八糟，才被迫屈从于文明的信条到理发店一趟。

长年在喜欢的学术世界中浸淫，我深深知道，耐心和不回应是躲避强大头脑、固执观点的最有效的工具，于是我温顺地听着来自父亲、叔叔以及其他家庭成员的反复劝说。我等着他们对这个话题感到厌倦，然后转移到另一个话题，这样就可以把最终的决定延迟到下一天。但是这次谈话脱轨了。我的叔叔是一位著名的银行家，他强调说在他的圈子，在精致细节上的维护极为重要。我父亲指出，由于先天的反常，我的脖颈有一处缺头发，这种缺陷又进一步被围绕这处缺陷出现的长发放大。然而，是唐·皮诺加了最后一根稻草。

唐·皮诺那天晚上来我们家吃晚饭。除了事先松开过的脖子周围的白色立领，他几乎是日常百姓打扮。当我还是小男孩的时候，他就持续、坚决、毫不羞惭地站在我这边。他甚至在大斋节期间给我糖果，而且为了化解我的犹豫，他甚至向我保证那段时间上帝有更紧急的情况要处理，所以不会监督小孩子的肚子，而且他还声称上面盖着白布 [61] 所以上帝一定不能看见。但是现在在这个关键时刻，唐·皮诺说，"恕我直言，朱塞佩。"这里要指出的是，他从来没喊过我大少爷，他大概觉得那样有居高临下之感。"我觉得你母亲是对的。这回

---

[59] 小前菜

[60] 直译为"老鼠"，但实际上这是当地称呼一种可口的鱼的说法，此鱼捕于皮佐岸上，其特征是鼓出锋利的牙齿，很像老鼠的牙齿。

[61] 意大利南部风俗，在大斋节期间以白色布帘装饰十字架。

你头发太长太乱了。为了她去理发吧，我确定天上的某个人有一天会记得你所作出的牺牲。"

我意识到自己处于求助无门的处境，没有任何盟友，即使是我为了时髦的反叛可以寻求庇护的卡尔梅洛·纳蒂也没站在我这边——推断出无论如何，我也不会有耐心玩宾戈游戏。为了避免亚历山大式的难题，我接受了历史教训。我让步说道："好吧，爸爸。请告诉李奥纳多先生（Signor Leonardo）我明天早上八点会去那儿。"

唐·皮诺的身材稍稍好过一般人，但因为他随和的个性，洪亮的声音以及鲜明的精神，在任何谈话中他都像巨人一般具有压倒性的能力。在一群人确认我接受命运的安排之后，我们继续饶有兴趣地听他的故事。沉默地听了一阵儿后，出于莫名其妙的冲动，我忽然打断他问道：

"唐·皮诺，你觉得亚历山大现在在哪里呢？你觉得他注定要永远在地狱吗？"

一群人都陷入了沉默，唐·皮诺似乎在整理自己的思绪。这沉寂最终被我叔叔打破，或许他想给他的朋友争取更多的时间，又或者只是纯粹想插入他愤世嫉俗的典型价值观。他以一种很温和的口吻、很低沉的符合此时黑暗天空的语调说道：

"也许不至于那么糟糕。我死之后宁愿下地狱而不是去天堂，毕竟地狱是有意思的人呆的地方！你能想象来世被一群圣徒、和尚、尼姑和牧师围绕着有多无聊吗？当然唐·皮诺除外，我觉得我们任何一个人在地狱都会更快活！"除了我母亲之外，我们所有人都举起了另外一杯冰镇 Critone，一饮而尽表示赞同。

"我不觉得善恶、天堂和地狱有显著的分别，"我父亲沉思着说。"对我来说，他们是同一个概念的不同侧面，或者是同一个硬币的不同面。上帝和魔鬼也是一样，彼此无法单纯存在。最终，在天堂里，应该跟人世间没什么两样，没有区分善恶、天堂和地区的幕布。而且正相反，这些相对的概念相互掺杂成实实在在的炼狱。"

唐·皮诺并不是出于天职召唤而选择基督教会，这一点其实并不难理解。他是因为遵从父母的意愿而皈依教堂——他的父母来自南意大利的低等阶层，他们认为儿子逃离无产者生活的唯一途径就是培养他效忠于所有母亲的母亲。唐·皮诺是个听话的孩子，他意识到这一人生战略的价值，因此他遵从他们的愿望。一方面他极度诚实，另一方面又效忠于他那谦卑的父母，诚心诚意地接受了这份责任。出于照顾双亲身体健康的医生的职业精神，唐·皮诺认为他的职责就是回应所在教区的精神需求，担任上帝讯息的使者，而不是像那些狂热的教徒那样强迫别人接受圣经的说教。因此，作为一名资深的外交家，他不必相信那些讯息能够非常有效地传导到自己所在的教区。

唐·皮诺也将这一互惠逻辑用于圣经教学。上帝依照自己的样子创造了人，他想象着上帝应该是他自己的样子的更大量级，因此沉思着上帝至少应该像教父他一样仁慈宽容。尽管唐·皮诺很容易就能同情罪者，但为他们的罪相应地设计救赎方案却很困难。最终，"主祷文"和"万福玛利亚"如同每个人接受的惩罚一样严重。这种结果有助于鼓励忏悔和救赎，但或许也以牺牲懊悔的真诚性为代价。这也是为什么唐·皮诺很难把亚历山大安置在任何永恒的时空。当然他承认这个他记得很清楚的孩子，不完全是圣弗朗西斯。但另一方面，他也回想起亚历山大的令人愉快的态度、随和的个性，他的微笑，以及他的温暖。唐·皮诺无法想象上帝会在来生惩罚他。

"在晚饭之前，我在一位真正犯了罪的人床边！这孩子一生中做了太多丑陋的事情！现在他要离开人世，他跟我忏悔了一切。他很后悔，害怕得像一个小男孩一样。他握着我的手，问我能不能拯救他，让他不要下地狱。这人受人指使杀人，对朋友和敌人、男人和女人都很残暴。仅仅只是为了保护他个人的利益，他甚至都不清楚其间的价值，就误将粗野视为荣耀。他无端伤害了很多人，然后突然在行将就木之时，他害怕了，后悔了，不断地懊悔——至少他努力地这样做。我内心其实在嘲讽着他，心想：太晚了吧？最后一刻寻求改变、央求拯救也太容易了吧？但随后我又自问：我是谁，有什么权利来判断？假如他真的后悔了呢？于是，我罚他念一些主祷文。当我意识到他记不起祷文时，我口述给他，直到他的灵魂最终得到拯救。这也是为什么我相信，如果上帝真正存在的话，他必须创造魔鬼，因为，既然我作为他谦卑的仆人，仁慈心有限，都不愿意惩罚任何人，更何况是仁慈无限的上帝？"

然后他得出结论，"我不知道亚历山大应该在哪里。对我来说，我希望他成为天堂里的天使。他是我所认识中最杰出的男孩之一，我相信上帝也会这样觉得。但是，如果他没有忏悔——以我对他的了解，这可能性颇高，那么这代表了魔鬼做了功，他也许现在在地狱，跟那些不尊重教堂规则的杰出人物一起享受时光，即使如同唐·朱斯托所说的那样，他们一生从没有意伤害过任何人。"

举起另外一杯 Critone 酒，我们再次一饮而尽。这次，我们为纪念失去的朋友，以及所有像他一样的人而饮。假如天堂或地狱确实存在，我们实在无法把他们明确安置在其中一处。

然后我们干杯，我仰视透明的天空，星星闪耀其中；又看向银河，我想起了跟亚历山大多年前的谈话。我记得我们的问题，想到也许现在他有了所有问题的答案，思忖着他是否愿意跟老朋友分享一下。

"为什么像亚历山大这样难以捉摸的人会愿意留下自传笔记呢？"我问。"这跟他的个性太不相符了。他崇尚清静，不在乎自己的生命，一生都避免跟任何人有亲密的关系，为什么他觉得需有要留下遗产？为什么他愿意向教授坦白？"

"也许，这是一种他对度过自己人生方式的回应。也许，在他的虚无主义中，有那么一刻后悔了，希望交代和回想那些失去的机会。他需要确认，他的一生不是完全废掉的，"唐·皮诺说道。

"生命大多数都是苦乐交织的，"我父亲补充道。"但如果我们不感到孤独，能跟其他人分享那些痛苦，那么我们的苦难就变得有价值、有使命。我觉得，最终亚历山大需要一种验证，如同唐·皮诺所说的那样。他需要在身后留下警示，能够给他认为无用的生活带来一些目标。有时我确实也有这样的想法。"

唐·皮诺走了之后，我留父亲和叔叔在露台上，让他们继续享受微风和餐后酒。我回到自己的小房间后，等待灵感和能量让我拿起电话，不管是黑莓手机还是座机，打给美国的家里。但是我期待召唤的能量似乎不能传递到我手上，后者只能无精打采地靠在扶手椅边上。

向上看，我看到自己祖先真人大小的肖像，身着令人印象深刻的制服，像以往一样以一种神秘的神情盯着我，一眨不眨。我想着在他们早已逝去的生命世界里，他们究竟是谁。我进而意识到尽管我随着这些墙上的画一起长大，他们看上去是这么的熟悉，但现实中的我却没有遇见过他们。一些人创造了历史，而另一些人的历史则经由代代相传的家族传奇而得到美化。那一刻，我禁不住想，尽管我的基因和特征来自他们，但他们很有可能对我而言却是完全的陌生人，因为他们没有一个像亚历山大般为后代留下笔记或是讯息。我想象着自己有一天也会被挂到墙上，带着模棱两可的表情，将来我的后代也会坐在同一椅子上，问着同样的问题：

"他是谁？"

　　那天晚上我没有给家里打电话，没有什么特别的原因，只是我的手一直没能积聚足够的力量来拨打号码。母亲把不知不觉打起盹的我从扶手椅上唤醒，我遵从她的建议，回到自己的卧室。这时教堂的钟声再次提醒我们时间的节奏。

三个强盗，一场刀战，以及一起谋杀

　　早上，如同前一晚所承诺的，我负责任地拽着自己去理发店，这店面朝 Chiazza 广场，离我家走路只需要两分钟。如同皮佐那些努力的商家，这家理发店提供了不同寻常的体验，白、红、蓝条柱在前门不停转着。这似乎像是皮佐人承受的双面人生：一种是适应现实生存的生活，另一种则是突破梦想界限的虚构存在，来补偿前者的荒芜感。理发店归两个兄弟所有和经营，相对于其他人的灵魂，他们对音乐更感兴趣。尤其李奥纳多是公认的古典音乐权威，他是熟练的管风琴乐手和宗教连祷的作曲者。

　　跟李奥纳多作为音乐家的名誉不符的是，皮佐人对他作为理发师的评价有所保留。从进入店门的那一刻，每个顾客都立刻意识到李奥纳多的工匠精神所带来的五五开的概率，如同费加罗一样，他无疑有着令人震慑的名声。顾客被眼前这一痛苦的现实惊醒，心中都不禁升腾起一种中了毒一般的愿望，希望他是兄弟俩中那个不那么魔鬼的一个。但是就如同历史上的诸多结局偶尔会产生意想不到的效果，不管每个顾客的心情如何受这种两难选择的折磨，这种皮佐人生活的负面取决于李奥纳多的缺点，却为皮佐人民的最好的一面提供了无可辩驳的证据：至少在皮佐人的基因里时不时体现着礼数感。

　　事实上，当轮到某个顾客，如果这次刚好不幸地分配给李奥纳多，这位受害者总是非常真挚、热情、友好，竭尽全力地鼓励排在他身后的人先来。后面的人也同样地热切地鼓励他后面的人，后面的人也如法炮制。"Prego！Prego！ [62]" 他们这样对后面的人说。"您先来，我一点儿也不急！事实上，我可能得跑到西乔的店买份报纸，好知道世界上发生了什么！"

　　这天，由于我是那位最不会拒绝这些异常坚决好意的一位，因此，随着施特劳斯的华尔兹曲的节奏，我的白发如雪一般洒落到地板上。同时，我更有幸了解了巴赫、贝多芬、汉德尔。我的头顿时变成了复活蛋的造型——正是出自李奥纳多之手。

---

[62] 求您了！求您了！

当这一杰作在各位看客忧虑的观望中逐渐成型时，教授一定是得到长胡子的人报信儿了解到我的处境，姗姗来迟来解救我。他没有客套地行握手礼，也没有鞠躬，而是直接宣布，"律师先生晚上被紧急送到医院，他可能现在已经死了。"

尽管我不想淡化这一刺耳的开场白给我们带来的惊讶，我多年的临床实践让我产生了试图更加严谨表达的冲动。我温和地建议说，在检查一个人脉搏之前就宣称他或她死去难免失之鲁莽，问道："发生什么了？他抱怨了什么？"

"谁知道？今早我从扫路工那里知道的，说是唐娜·菲洛梅娜（Donna Filomena）住在律师的家前面，是她告诉他说，她今早两点左右看到救护车离开他的家。"

"奇怪，"我回应说。"昨晚我没听到任何鸣笛，我们住得很近啊。"

"这个嘛，如果街上很空，人们都在睡觉的话，救护车没必要惊醒整个镇啊。"

"或者他已经死了，"李奥纳多安慰道，此时已匆匆结束手头的工作，并拿毛刷掸走我衣服上残留的卷毛。

我很不愿意仅凭道听途说的消息就宣布几个小时前还在大力咳嗽的可怜律师就这样忽然死了。我对着镜子检查发型的同时给李奥纳多慷慨建言，确保两只耳朵仍然各司其位，肩上椭圆的头现在看上去体面多了。我离开理发店，希望搜集更多皮佐居民的情报，试图了解为什么别处尊重隐私的习俗无法在这里落地生根。

我和教授踱步去猫吧，员工们已经在讨论昨晚的事件。

贝尔韦代雷先生看到我后把烟从嘴里拿开说，"你听说律师的事了吗？他特别能抽烟，肯定像我父亲一样得了中风！我告诉过他很多次，他应该带着滤嘴吸烟！"

西乔·佩尔科科被这一混乱分散了注意力，他停止了日常的自我争辩，走近我们，在我面前很尊敬地鞠躬，补充说，"是啊，他自己用报纸卷烟，报纸还用 Avanti[63]的！ 不管怎么说都不好...！"尽管西齐出身卑微，但他是一个热情的、颇有洞察力的报纸阅读者。

药店的妻子唐娜·丽塔（Donna Rita）刚刚听到这个新闻就加入了猫吧的谈话。她同样进行了回忆响应，但想的却跟大家不同。她补

---

[63] 意大利一份具有跌宕起伏历史的报纸。

充了值得鉴别诊断的"消化不良"可能性，她认为出事原因是因为律师先生时不时在晚饭后立刻洗澡，没有遵从饭后三小时须等待身体恢复才跟水接触的黄金定律：一种尚未被实践医学或科学区域发现的现象，但在镇里 *comari*[64]那里却成了共识。

安东尼奥师傅补充说，这有可能是由于胆囊结石引起的绞痛，因为这在律师界是常见的毛病，他们的胃里满是头发，因为他们的职业活动意味着他们必须要"消化"掉任何不良道德客户的案子，因此也得准备好消化掉石头[65]。

我那一贯以愤世嫉俗著称的叔叔跟我父亲一起走向 tavolino 桌，表示整个事件很像是律师绝望地试图远离这个小镇，以避免进一步屈服于教授的故事。

教授反过来坚持说，现在律师已经彻底死了。但以防他还没有死去，我们应该做些事情来挽救他的生命。说到这里，每个人都热情地转向我，根据观点不同，尊称或是降级称呼我，从朱塞佩少爷到"il Dottore dall' America[66]"。大家都一致决定我应该赶紧去维博镇[67]的医院去看律师并挽救他的生命，不然就太迟了。

我开始抗议说自己美国公民的身份并不是因为有超自然的能力，律师在医院的内科医生照顾下会更好。这时里加医生前来拯救我。他告诉我们，他前一天晚上去看了律师，他已经诊断出这个可怜的人患有肺炎。他叫了救护车把律师送往医院，因为他患有高烧、胸部声音听起来不清楚，所以进行了 X 光和抗体检查。

"我们今天晚一点都应该去看他。我刚刚打了电话，他们说他服用了抗生素之后好多了。我们可以下午早些时候去看他。"

现在是上午，距离探望时间尚早。之前的兴奋由于里加医生不带修饰的解释而顿时消失，我们都坐在 tavolino 桌边，我的父亲、叔叔以及马尔凯塞都以稍带怀疑的目光观察着这帮人。大概大家除了等待合适的时间看望可怜的律师以外也无事可做，于是教授继续讲述亚历山大的故事……

---

[64] 爱嚼舌头的人

[65] 带有贬低色彩的意大利语表达，指的是那些像某些律师的人能够在伦理领域消化任何事情。尽管这一立论逻辑的线性关系可能比较费解，在文中情况里，这与人们通常抱持的评价一致，也是可以被接受的。

[66] 来自美国的医生

[67] 距离皮佐只有几公里之遥的位于山顶的另外一个姐妹小镇。

***

亚历山大有个叔叔叫唐·安东尼奥（Don Antonio）。他在内陆是一个富有的地主。他的房产跨越好几英里的丘陵和山谷，覆盖着山峰槽谷，绿草地和金黄色的小麦，丰富的玉米地，果园，葡萄园，橄榄树林及散落的百年橡树。在树木无边的阴影投射之下，牛群在吃草，公鸡为了母鸡而战，狐狸出现又消失，狗叹着气等待一些事情的发生。也就是在这里，亚历山大度过了童年和青少年时期漫长的夏日，阅读了经典著作：《战争与和平》、《包法利夫人》、《伊甸园之冬》、《带着小狗的女人》以及其他一些冗长的故事，这似乎与他在老橡树阴影下的生活是同步的。

散落在土地上的还有很多农民的定居点。在那里，从来不穿鞋的孩子们会爬树，指挥羊群到牧场，挤牛奶，带领心不在焉的骡子。跟这些孩子一起，亚历山大度过了无数个寻找野草莓、*asparagi*[68]和蘑菇的日子，呼应着春天，夏天或秋天。跟他们一起，他用弹弓猎捕，或是帮助他们的父亲收割庄稼，搬上四轮车运到农场。拉车的是一头脾气温和、泰然自若的驴。农民们很慈爱地看护着亚历山大，虔诚地聆听他那些出于热情以及出于对他们土地的热爱而提出的建议。这一切都来自他尽管幼稚却受过很好教育的灵魂。

房产中央那最高的山顶上矗立着唐·安东尼奥和他的妻子特里莎（Teresa）的公馆。这里虽是乡村农场别墅，但条件却比宫殿还要好。一楼包括适用于仓储的大房间，稻草或大油桶、红酒桶都会放在这里，让他们在黑暗中发出独特的味道。这里还有动物收容所，厨房以及商店，劳工们白天会在这里穿梭，晚上则由脾气暴躁的狗来看守。最顶层是家庭的休息区。也就是在这一层上，有一个窗户长期从夏天开到秋天的大房间，微风不断从下面的山谷中吹来。晚上，黑暗笼罩了一切，除了易于携带的移动灯光，让农民顶着银河的光亮回到自己的住处。

那时他们家里没有电，但是寂静的黑暗总会被摇曳的煤气灯光划破，吸引飞蛾和捕食它们的壁虎。偶尔一只蝙蝠会不期然而至，盘旋着，蹭到天花板，直到仆人用一把扫帚将它赶出去。这样的场景夜复夜地发生着，回环往复，如同是已经安排好的表演一样。在这里的每

---

[68] 芦笋

个角色，动物或是人，都是无意识的参与者，在乡村巨大的沉默和孤独里，与彼此分享一个看不见的寓言。

老农民讲的民间故事增强了现场感。一个本地的神话，一些寓言都被美化成长着人手的狼，长着红眼睛的、会抽雪茄的火鸡，吃孩子并且藏在他们床下的鬼，会说话的狐狸，以及英雄式的土匪。之后，到了深夜，黑暗占了上风，只有远处猫头鹰的鸣叫或是夜莺的呼喊偶尔打破宁静。

在一个夏日上午，唐·安东尼奥和他的妻子唐娜·特里莎围坐在老橡树下的一张大木桌旁一起吃早饭。桑葚树包围着他们，形成了自然的篱笆。他左边坐着十二岁的亚历山大，他问到布鲁诺（Bruno），那只这几天一直很忠诚地陪着他爬山下山或是在橡树下休息读书的狗。那天整个上午，亚历山大都没有看到布鲁诺：既不在经常等他的大理石台阶底下，也不在经常跟着他找新鲜无花果或葡萄当早餐的小树林里。

布鲁诺不是只见多识广的狗，从来没有学过正儿八经地吠叫。相反，在它最兴奋的时候，它会咳出低沉的声音，或是大多数时候呜咽着引起人们的注意。它一天天围着亚历山大转，跟从在他身边像是被栓了狗绳一般：亚历山大停下来的时候，它也停下来；继续的时候，它也跟着继续。这是一种毫无期待的朴素陪伴，当然，偶尔当它会用温暖的舌头大口舔食时，亚历山大会给它在耳后挠痒作为奖励。

"今天早上，我让古列尔莫（Guglielmo）把它杀了。它吃了一只母鸡……该死的畜生！"唐·安东尼奥说。

亚历山大接受了这个裁定，因为他知道布鲁诺僭越了这块土地的法律，并因此被处决。他不再觉得饿了，他盯着布鲁诺经常等他的那个角落。它会等着他吃完早餐，然后来回摇摆着尾巴、以它的微笑开始这天的活动。他想象着有一块带擦子的黑板，将布鲁诺擦走。对他来说，生活的本质不过是在一块无情的板上用粉笔书写的潦草笔迹。

初夏的那天，微风的耳语如此轻柔，抚摸着山顶，不需要任何语言来破坏这和平的一切。突然，一阵引擎的噪音从远处传来，渐渐变大，在另一棵橡树下，一辆车出现了。这车辆慢慢继续驶过院子，然后转了个圈在桌子前停下来。

穿着天鹅绒裤，方格衬衫，带着一顶羊绒帽，一个大约五十岁的男人出现在后门，司机继续开车并把车停在同一棵橡树下的荫凉处。

这个男人是真纳罗师傅（Mastro Gennaro），他是农民头之一，也是在唐·安东尼奥王国里备受尊重和信任的人。

"请受我一拜，唐娜·特里莎，"他说，然后除去帽子，走向餐桌。迎住唐安东尼奥问询的眼神，他补充说，"一些流氓在 Granatari 把狗毒死了。"

Granatari 是一处比较远的地皮，离这座房产往内陆方向走大概有几个山那么远。在那里，白天牛儿沿着小溪丰美的堤岸吃草，那水的源头来自天然的山泉。牛们掌握了日常规律，从晚上休息的棚屋里走出来，慢慢找到自己的路，围成一个圈，绕着小溪和小沼泽，沿着和缓的山坡上上下下，直到太阳从天的一边转到另一边，然后就又到了他们晚上回到棚屋的时刻了。狗做的事很少，不过是冷漠地跟着牛，偶尔用后脑勺检查一下它们，然后很快就会被远处的声音或是不同寻常的香味引开。

"坐下来，真纳罗师傅，请吃点儿。我们今天有最好的李子和无花果，甚至葡萄都是我外甥自己去摘的。来点鸡蛋或是馅饼，唐娜·特里萨亲自做的。"

真纳罗师傅应声坐下。他一定已经吃过早餐了。他显然并不饿，然而他还是表示尊重地拿了几颗橄榄，盛了一勺炒鸡蛋放到餐盘上，慢慢时不时吃一点，同时等待着命令。没有人说话。

唐娜·特里莎从来不敢说话。她太愚蠢无知，无法讲出什么话来参与有实质内容的谈话；她也太无能幼稚，无法对实际的对话做出什么贡献；而且她太害怕丈夫严厉的眼神，以至于无法发出任何没必要的声响以提醒他自己的存在。她年轻时太受溺爱，在家族的困难时期，祖母将她送到一个远离家乡的全女生的寄宿学校接受教育。在那里，她学会了背诵成串冗长的诵经，其余时间则学习编织——两种技巧都在乡村很难有什么价值。

微风的耳语重新出现，这时唐·安东尼奥作出最后声明，"*Mio caro*[69]真纳罗师傅，我很确信你能够处理好这个不幸的情况。我把最美的祝福送给你。"真纳罗师傅站起，优雅地向唐·特里莎鞠躬，然后把帽子放回头顶，回到车里。

---

[69] 我亲爱的

　　几天后，就在早上吃完早餐后，唐·安东尼奥抓住靠在桌边的一根手杖，戴了一顶草帽到头上，然后转向亚历山大。"跟我来。我要给你看看一些人如果做了不应该做的事情会有什么后果。"

　　在老橡树的阴影下，一辆与众不同的车等着他们。司机为唐·安东尼奥和亚历山大打开后车门，后者没有任何迟疑地跟着他亲爱的叔叔。他们沿着满是尘土的路上上下下开了几英里，一路红尘绝骑。亚历山大摇下车窗，享受着早上凉爽的微风，然后他们就到达了Granatari 小溪的堤岸，距离安置牛的棚屋只有几步远。

　　动物们的停工意味着有人今天上午忘记打开门放它们出去。亚历山大注意到有几个人站在橄榄树下距离棚屋只有几英尺的地方。唐·安东尼奥先从车里出来，亚历山大跟着出来。他们慢慢地走向棚屋。在最后的灌木丛后面，亚历山大看到一辆布满灰尘的卡车。一个死了的男人站在前面，肩膀靠在车篷上，头歪着冲向天空，他空洞的眼睛一动不动看向早上的太阳。风挡都碎了，另一个死了的男人头靠在方向盘上，第三具尸体躺在几步之遥，看上去似乎它的主人试图从枪林弹雨中逃跑。

　　此刻是绝对的沉默，此景是绝对的凝固。似乎这个世界随着三个男人生命的结束而停止了存在。沿着第一个死人的目光，亚历山大抬眼望向橄榄树的树顶。在那里，他注意到摇曳的树枝在轻微地摆动，提醒他在这个被遗弃的角落，还留有生命的呼吸。这样想着，年轻的亚历山大从他的超现实梦魇中醒了过来。

　　警察局长先走向唐·安东尼奥，挠了一下他的颈后，解释道，"我的人整晚都在等待 ladrons[70]的出现，他们凌晨一点到的。在黑暗之中，我们警告他们停下来。他们其中一个冲着我们这边让他们停下来的人开枪。我的人打开了警车的车灯，然后我们就开火了。"

　　唐·安东尼奥转过身看着死者，好像在确认他们都没气了，然后又转向警察局长。"他们从哪里来的？"

　　"从拉圣布鲁诺（Serra San Bruno）附近的山上来。很有可能他们之前在那个地方偷过牛。"

　　转向站着距离警察局长几步远的真纳罗师傅，唐·安东尼奥说，"确保他们有个体面的葬礼和安葬地。我来付钱。"说完之后，他握住手杖的柄，回到了车里。没说一句话的亚历山大紧紧跟随，思索着这

---

[70] 盗贼，小偷

三个男人的生命、布鲁诺的生命在跟他们的身体分离之后都去了哪里了。

＊＊＊

　　三年过去了。

　　亚历山大已经离开了足球场，他完成了一场非常棒的比赛。他的团队因为他的表现而赢得了这场比赛。他采用了攻击性的战略，成功进了三个球。那是一场客场比赛，对手的团队住在山里，那里的人穿得有点不一样，说话也有点不一样，而想法则完全不一样。

　　那是阳光灿烂的一天，充满好兆头的一天。那是除了美丽、诗意和简单之外，就没有其他更好的理由印刻在这个年轻人记忆中的一天。如果不是因为一起等待他的特殊事件，这天本该只是留存在亚历山大的记忆里。那段布满尘土的路从足球场通往停车场，那里停的车本该是载着他和朋友回家的。

　　两个很像科洛迪笔下《匹诺曹》里形象的男人似乎在等着待他。"狐狸"高一些、瘦一些，略向前倾斜，好像是不能承受从背后吹来的微风。另一方面，"猫"则短且胖，就像是补偿他同伴似的，向后倾，肩膀靠着一根杆子，一条腿弯曲着靠在同一根杆子休息，手插在裤兜里。如果要问当时有什么值得可疑的话，瘦的那个拽着他的脚到路中央，胖的那个则放开那个支撑自己的那个杆子，跟着他的朋友走向亚历山大。这时情况已经明显变得不妙。

　　亚历山大，一如既往地和蔼可亲，想着最好是向这两人微笑，他随即意识到他们是来自对手球队的成员。但是当他看到狐狸伸出右手，亮出一把随身小折刀时，他的微笑僵住了。同时，另外一个肥胖的同伙从他的口袋里掏出进一步的警告：一把没打开的随身小折刀。

　　亚历山大从他的眼角中看到，另外球队的几个成员聚集在不远的灌木丛。他们似乎在心不在焉地聊天，他也看不出会有任何人帮忙。狐狸拿着明晃晃的刀子往前一步，抵在亚历山大的腰带以下。在他继续靠近亚历山大的时候，他嘴里吐出几个字，"我看你是觉得你可以来到山里，随意取笑农民吧？你觉得我们的存在只是被你这样的傻瓜推来推去吗？给我看看你到底能做什么，男人对男人。这才叫公平比赛！"转向猫，狐狸命令道，"给他刀！我们看看他到底有多能！"

80

　　亚历山大从来不怎么喜欢 *machismo*[71]，他也从来没有因为任何理由而跟陌生人打架，尤其是基于站不住脚的原则。除了拒绝对方给刀子的提议，假意道歉之外，他实在想不出有什么方法可以逃离这场战斗。

　　当他迅速思考如何化解这一局面时，忽然有人从右边推了他一下，巴比诺（Peppino）的声音传来，解救了他，"吵什么吵啊？你蠢啊？你知道这是谁吗？"巴比诺是亚历山大的队友和长期的朋友，他走向狐狸，对他耳语了几句。

　　不管他说了什么，总之是奏效了。狐狸把武器收到口袋里，十分虔诚地说，"我请求你原谅我，阁下，我实在太抱歉。我不知道自己脑袋里在想什么，请原谅我，让我从今天开始成为你的仆人。"

　　胖猫十分困惑地看着他的朋友，然后也把合着的刀子放回了口袋。他抓住狐狸的胳膊，想要把他从这个尴尬的局面中领出来，他怯怯地笑着开了口，微微地向前点了点下巴。高个儿的危险人物被朋友拽着，慢慢走远，最后一次转过身来，向亚历山大恳求道，"原谅我。请不要告诉任何人今天的事，我的余生都会感谢你。"

　　这天并没有完全被这桩意外毁掉，因为亚历山大能把这一切放到脑后，继续走向他的车，他的家乡和他的未来。事实上，他一点也没搞清楚整个事件，而且他几乎完全把它抛诸脑后，直到一年之后，另外一桩不幸的事件才迫使他回想起并意识到那个时刻原来意味着什么。

＊＊＊

　　到了十六岁，亚历山大已经比他的任何同龄人都要成熟，如同之前所提到的，他自带优雅气质，自然大方，可以吸引任何人，就像是苍蝇经不住糖的诱惑一样。炎热夏日的一天，他在稻草天篷的荫凉里休息。这天篷标志着酒吧的入口，面对拍打的海浪和吹拂的咸风，他嘴里叼着一根吸管，啜饮一瓶冷苏打水。他带着那时非常时髦的雷朋太阳镜。浅色衬衫下呈现了他完美黝黑的皮肤，衬衫大敞，让他看上去更像是一个完美的花花公子了。他四周浏览风景，寻找潜在的猎

---

[71] 一种跟传统观点一致的态度，认为男人应该表现得强壮好斗；意大利南方男人常见的模式化形象。

物，等在舒服的荫凉里。酒吧后面的唱片机放着老套乏味的音乐，年轻人要求听这些，他们的品位热衷这些重复歌词里的浪漫。

太阳高高挂在空中，阴影紧紧追随它们的主人，其中包括一个十几岁的漂亮女孩，突然出现在他面前。她有着大大的黑眼睛，黑铜般的脸中央是红嘴唇，就像是焦糖冰激凌上的草莓。她穿过走道的时候，目中无物，只是沿着一条小路到供应食物的柜台。但亚历山大捕捉到冲他这个方向来的很快但又意味深长的一瞥——那种只有有经验的男人才能辨认和解读的雌性眼睛的微小动作。亚历山大保持十分自然的姿态，等她经过时问道，"你叫什么名字？"

她的名字叫玛丽莱娜（**Marilena**），如同破冰之后所呈现的，她非常喜欢说话。于是她说，她解释，她描绘关于她家庭的一切：他们住在内陆，只在海滩上呆一天，她姐妹和兄弟的年纪，关于她的小镇的八卦，他们带着家里的狗来到海滩，狗怀孕了，马上就要生小狗，就像是一年前那样，她非常喜欢小狗，但是去年一些小狗死了，她甚至还没机会给它们命名因为她母亲反对给狗起基督徒的名字，母亲倾向用花或是植物的名字……就这样她不停地说着。

亚历山大马上变得厌倦，他在想着这些过剩的信息怎么就跟最初的问题有关。正当他开始想要以一种礼貌的方式来结束对话，一个大概二十岁的年轻男人直直向他走过来，眼中带有怒火。他抓住玛丽莱娜的手腕，把她从 tavolino 桌边推开，然后站在她和亚历山大之间，他脸部有些扭曲地发出警告，"离我女朋友远点儿，不然我会给你一个你永远都不会忘记的教训。"

如同一年前一样，亚历山大再次经历了应对陌生人的不适之感，以及对不期而遇的吵架而产生的冷漠。像大多数贵族一样，亚历山大认为那些没有在他的亲密熟人圈子里被正式介绍的人，完全来自另外一个物种，他们不是真正的人类，他们只不过是被放到地球上，给他的世界做背景。尽管原则上他热忱地尊重所有人，然而他很难——不管好坏——不在正式介绍下跟那些低阶层的人互动。当然，除非是为了漂亮女孩，这一心理障碍并不是完全难以克服。

但这一次，他不想就这样算了。他用自己可以控制的最与己无关的声音说道，"不好意思。我问了她的名字，然后她主动讲了很多。有什么问题吗？"

访客拽了下自己的裤子，挺起胸，手攥成拳头回应说，"我要给你看看有什么问题。"就在这一切眼看着要发展成为一场令人遗憾的争端之时，酒吧里的其他人都围了过来。玛丽莱娜，两手抓住她男朋友的右胳膊，把他拉走，而后者仍然用不原谅的眼神瞪亚历山大。

关于这一不幸的剧情本没有什么进一步要说的，但那天晚上当亚历山大跟两个朋友沿着海滩走时，一辆车呼啸着停到他面前。车里出现了三个人，迅速地抓住亚历山大。一个按住他的胸，另外两个一人握住一条腿，把他扔进车里。就像来时一样，车快速打滑离开，驶向松树园（La Pineta）偏远的海滩，并且消失了。

就像过于惊讶无法反应的亚历山大一样，他们的朋友们也缺乏必要的条件反射来及时干预阻止这一切的发生。车从他们所在的路上开走之后，他们只有那么一秒钟消化刚刚看到的一切，他们赶紧跑进属于他们只有几百米远的车里。他们跳进去，加大油门，驶向即将到来的黑夜。其中一个是我们之前提到在足球比赛之后出现的朋友巴比诺，他那天上午在酒吧里见证了一切，忽然意识到其中一个陌生人是玛丽琳娜的男朋友。

在皮佐周围没有太多的地方可供年轻的男孩子们解决争端。有一些不出预料地去松树园，他们不像一些职业罪犯有完美的计划，会回避明显的场所。对于亚历山大的忠诚朋友来说，他们很自然地推想，这些攻击者会去松树园。那里晚上很安静，只有秘密的情人或是其他可能需要机智策略的活动出没。两个男孩子曾多次去那里，其原因不难想象。

他们相当了解地形，开进了熟悉的林下灌木丛，在多沙温暖的海滩凭借车头灯的光亮搜索他们的朋友。尽管一切都发生得太快来不及思索，事实上这是一个特别有勇气的举动。尤其是考虑到亚历山大的朋友都是中上阶级的孩子，他们从小被培养不接受和不鼓励暴力，这一点与劳工阶层的孩子不同，因为后者需要通过制定自己的规则向自己和世界证明自己。他们没带武器，也没有计划，他们只是跟随直觉去搜索自己的朋友，这惹恼了正在进行不同动作阶段的情人们，后者被打扰到后，瞪着像土狼一般的红眼睛看向他们。

从他们开始在皮佐的草原搜索自己的朋友开始，大概十五分钟过去了。这时他们看到一个摇摇晃晃的男人从黑暗中出现。他拖着腿，两手握住右边的脸。车的头灯全部照亮之后，他们看见了亚历山大瘦削的身体。亚历山大被从事先预谋的惩罚中释放了，那个处罚地是个安静的地点，靠近松树林尽头的海滩。

　　月亮已经掌控了朦胧的夜晚，只有海的呢喃打破宁静。亚历山大的脸肿着，满是淤青，下嘴唇也撕裂了。他的衬衫和手上都是血，前额和前臂都有刮伤。当他们褪去他的衬衫，他们发现更多的伤痕和淤青出现在他整个胸部和肚子上。

　　但是，三个朋友都感到很高兴，因为他们巨大的恐惧终于消失了，甚至亚历山大也开始微微笑起来，用手绢按压他裂开的嘴唇，然后他歇斯底里地笑，好像整个情节未曾发生在他身上似的，仿佛是他听到的一个关于年轻人愚蠢的一个例证。

　　巴比诺也跟着笑，大喊，"我想你最好小心山里那些女农民和他们的皮条客！"

　　亚历山大在一棵松树底下坐下来，看着海湾上的月光之路。他将一个小枝条放在他嘴唇完好的部分，做出吸烟的模样，他说，"你知道更有趣的是什么吗？如果唐娜·乔凡娜看到她孙子可爱的脸变成现在这个模样的表情！"

　　出于某种原因，这种想法很快让他们笑不起来了。朋友们心情都突然变得沉重起来。

　　"我们绝不可能就这样送你回家，艾利克斯，"巴比诺宣布，"她会得心脏病的。"

　　长时间的沉默。车间或在松林园中驶进驶出，缓慢地偷偷运载没有更好地方可去的情人们。亚历山大想着黑暗之中，夜晚有多热闹。他从来没有因为这种需求去过松树园，因为他过着具有特权的生活，能够奢侈地在舒服的家里或别墅里体验禁果，不需要用这种贬低身份的方式。但是他也觉得这些会面在黑暗的掩护下发生，远离文明世界，实在有独特的魅力，甚至具有浪漫的色彩。尽管受伤，他却突然产生一阵冲动，想着在那些繁忙的壁龛乐园里发生了什么。

　　"我觉得我们应该把你送到唐·安东尼奥那里。你可以在那里呆到好一些为止。"巴比诺继续。"我们可以告诉唐娜·乔凡娜，夏天开始热起来了，你决定去别墅静一静。我们可以给你把东西带过来。我们会说你从海滩打电话过来，不想再费事回家，因为让已经在皮佐的我们来帮忙更容易。"

　　亚历山大认为这是唯一可行的方案。唐娜·乔凡娜当然不会相信这个故事，但是她会接受，因为她已经习惯和适应了亚历山大的独立。她很有可能会怀疑他遵从了之前杰出祖先的传奇，出去寻欢作乐。如同那些长胡子的可靠男人告知的，类似的冒险故事已经传到公馆的大理石台阶上了。

三个朋友到达山顶上的唐·安东尼奥家时，已经将近晚上十一点。真纳罗师傅听到了他们的车声，在一棵橡树下等着他们，手里拿着一把步枪。他只穿着简单扣起来的裤子，凌乱的衬衫半敞着，露出毛发浓密的胸。

车终于在前院中央停了下来，两个农民，每人都带着一把猎枪，加入了真纳罗师傅，站在橡树下。开车的巴比诺从车窗里举起左胳膊，手掌摊开，熄灭了车前灯。亚历山大第一个从车里出来，迈出后车座的同时，他开心地问候道"晚上好，真纳罗师傅。老农场一切都好吗？"

实际上，亚历山大做得不是很好。晚上事件造成急速增长的肾上腺素慢慢消退，阵痛从他的下巴一直到右太阳穴，很快一面蔓延到眼眶，一面蔓延到颈后上方。尽管越来越痛，他知道这些山里真正的男人会从绝望中找到光亮。配合这些英雄主义的预期，他假装轻盈，实际上他已经投降了，渴望得到叔叔强大力量的保护。

真纳罗师傅和两个农民环绕着亚历山大，而另外两个随后从车里出来的朋友，很尊重地从远处看着。其中一个农民靠着左手粗糙的手掌划了火柴，点亮煤油灯。点亮之后，他把灯举到亚历山大的脸跟前，脸的主人正在很艰难地掩藏极为难忍的痛苦。

"谁干的？"真纳罗师傅问。

"不能领略到我智慧的人，我猜！"亚历山大回应说。

真纳罗师傅并不欣赏亚历山大的俏皮话。转向巴比诺，他重复问，"谁干的？"

来自中上阶级背景的巴比诺不像亚历山大那样过着受保护的生活，他很准确地感觉得到真纳罗师傅询问中的目标性和分量。他也知道除了如实解释发生的事情并没有别的选择。正当他紧张地准备着如何重新表达时，亚历山大开始感到有些晕，他伸出左手扶住其中一个农民的肩膀。真纳罗师傅立刻打断了巴比诺的话，把自己的手臂递给亚历山大，并抱歉地说，"来，来，咱们先休息，我们回头再考虑下一步。"

他们缓缓地走上楼梯到达休息区。当他们到达最高层并准备敲门时，此时门已经打开，唐·安东尼奥由一个提着煤气灯、管家似的仆人扶着。

唐·安东尼奥看着他亲爱的外甥，亚历山大没能成功挤出微笑，因为他的脸又肿又酸。唐·安东尼奥缓慢地查看他的外甥。他看到他的黑卷发和前额被一些凝固了的血盖住，他发现他透明的蓝眼睛和长睫毛是脸上唯一没有变形的部分。他轻柔地举起右手，慢慢抚摸亚历山大脸上没有伤到的部分。当他手收回之后，他看到自己的手指上沾染了外甥的血。他检查了亚历山大的脖子和敞着的衬衫，看到更多的淤青和伤痕。一言不发，唐·安东尼奥回到休息区。他握着亚历山大的左胳膊，把外甥引到客厅的扶手椅上。露台吹来的凉风带来一丝丝生机。

他让亚历山大坐下，并对管家说，"给他拿点带冰的威士忌。"然后他转向亚历山大，问道，"唐娜·乔凡娜呢？她知道这件事吗？"

那时亚历山大已经不想说话了。他举起左手食指，指向巴比诺，轻轻挥动余下的手指，沉默地示意他过来帮忙。

巴比诺替他的朋友回答。"没有。我们跟唐娜·乔凡娜说亚历山大想要到山里跟您一起避暑。我们让她相信他想要一点私人的时间，跟一位值得尊敬的女孩呆在一起。如果你明白我的意思的话。"

唐·安东尼奥没有回应巴比诺的话。他继续紧紧盯着心爱的外甥。"你父亲知道吗？"

"不知道，"亚历山大回复说。

唐·安东尼奥是个上了年纪但又非常英俊的人。他有着一头点缀着一些白发的黑发和一种柔和的脸。他的皮肤黝黑，主要是因为需要天天巡逻自己辽阔的疆域。他有一张小嘴，笑起来脸两侧有酒窝，露出一排洁白整齐的牙齿。他柔和的脸看上去似乎一直在微笑，给人一种非常和善的感觉，但他的黑眼睛注视的时候，又会好像一团火一样。当他集中注意力时，他会散发一种猎豹瞄准了猎物的安静：脸和身体都不动，甚至眼睛都一眨不眨。

几次三番看了亚历山大之后，唐·安东尼奥转向管家，喝了玻璃杯里的威士忌，然后把它举到亚历山大的嘴唇边。他强迫这孩子连续喝了几小口，然后很有力地说道，"我需要你一五一十地告诉我你到底发生了什么，然后你就可以休息。看起来你应该会很快好起来，但我们明天上午还是得喊医生过来看看。"

亚历山大再一次地冲朋友招手同时轻微地摇头。他最后解释说，"我不知道他们是谁，他们只是从山里来的一些人。巴比诺和他们也碰过面。那天上午我跟他们其中一个因为一个女孩发生了一些争吵。他威胁我，但我没放上心。但到了晚上，我在海滩的时候他们绑架了我。他们把我弄到车里，然后去了松树园。两个人把我放倒，女孩的男朋友一遍遍地打我，然后他们把我扔到车外，开走了。"

亚历山大当时没有意识到这一告白相当于死刑。唯一缺少的信息是打人者的身份，但是要查出来并不困难。巴比诺非常清楚这个地区的人，他可以给唐·安东尼奥和真纳罗师傅足够的信息找出这问题的答案。

"你现在去睡觉，好好休息一下，亚历山大。我明天上午会喊医生过来。"唐·安东尼奥说。

管家陪着他走过大厅，回到自己的房间，亚历山大听到叔叔的声音。"真纳罗师傅，请确保这样的事情永远都不会再发生。你可以带着我的祝福离开了。"

第二天上午，亚历山大醒了，脸非常肿。他睁不开左眼，而且他恢复意识后感到很疼痛，从颈后，胸部，脸到头。但是总体上他感觉很好，觉得有点放松。他把枕头抬起靠着床头板，并躺在床上休息了一会儿。他用右眼环视周围，发现恭顺的太阳从越南式百叶窗隐约透出一些光亮，照亮了整个房间。他想着昨天经历的一切有多奇怪。他想到了玛丽琳娜和她的男朋友。他思考着他的反应有多陌生。

"他真的有那么在乎么？他只是出于维护自己的骄傲而攻击我吗？又或者他是真心想保护自己的女朋友？"他自问是否自己能或愿意为一个女人这样做。"我会那么在乎吗？那么紧张一个人难道不美好吗？"

他想到玛丽琳娜温柔的微笑和温暖的眼睛。也许她对那个年轻人来说真的很重要，他想着。他摸着自己身上肿起的部分，想着也许可以从发生的这一切里学到点什么。这其实是一个很大的教训：不仅是尊重其他男人的女孩或是遵从类似清教徒的概念。更重要的是，这揭示了关心另外一个人到了激情和愚蠢的程度是可能的。这个有些甜蜜的想法即使稍纵即逝，但是他并不敏感的心仍然被触动了。

青年时期跟亚历山大一起踢球的年轻农民们过来拜访，跟他聊天。他的伤口惊动了他们，仿佛他成为了一位英雄，他们为此感到骄傲。他们不想听到他跟打斗没有任何关系，试图解释他只是被动地挨打是没用的。他们想象着亚历山大为了男人的权力而战，他们心里一致认为这正是他们未来的主人：唐·安东尼奥的继承人。

　　平淡无奇的三天过去了，巴比诺过来探望。他告知亚历山大唐·安东尼奥已经亲自去看了唐娜·乔凡娜，并安慰她说，她最亲爱的亚历山大正在山里面跟农民们在乡村远足，享受山间微风的凉爽，唐娜·乔凡娜很高兴知道他跟自己亲爱的叔叔在一起。巴比诺还汇报说，他们在皮佐的朋友们都不错，他们都希望他尽快好起来，等待他回去。他们已经安排好，等他回来之后就乘帆船去埃奥利群岛（Eolie Islands）、帕纳雷阿岛（Panarea）和武尔卡诺岛（Vulcano）。他们会花一些夏日在深蓝的大海里游泳、垂钓；在海滩上享用晚餐、远足爬山。那些山上的山羊从奥德修斯时代就在那里吃草了。巴比诺继续描绘着完美生活的景象，他只等着亚历山大康复之后可以回到皮佐。突然亚历山大打断了他。

　　"对了，那个打我的罗密欧有什么消息么？"

　　突然，巴比诺的表情变了。他探寻般地看着自己朋友的眼睛，好像在确认他是否真想知道这消息。他深深叹了口气，脸朝下盯着地板。慢慢地，他吐出了几个改变亚历山大一生的一些字。

　　"两天以后，他们在松树园前面的海滩发现他淹死了。警察说这是个意外。"

　　亚历山大用左手手掌抚摸着自己肿肿的脸。他按住感觉到酸的部位，似乎想重新体验疼痛的同时也奢望可以使得一个死人复活。

　　"你很清楚这不是个意外。"

　　巴比诺马上打断他。"亚历山大，看着我！这是个意外。已经结案了！"

　　"他的家庭呢？他有家庭吗？"

　　"他是一个寡妇的独生子。她知道这只是一场意外。他女朋友也知道。相信我，没人敢质疑这一点。"

　　亚历山大摇头，有些讥讽地问道，"我叔叔有为他的葬礼付钱吗？"

　　一天天地，日子就这样过去了。亚历山大逐渐恢复了体力，但伴随他余生新的不安深深镌刻在他的灵魂里。

　　起初，他觉得要有所行动。他知道他必须要说出来，他知道正义一定要得到伸张。他的出身已经告诉了他文明辩护的重要性，而不是被动接受被放逐的土地上的野蛮行为。他所读到和梦想的一切都是正义和公平。他想着向当局承认自己的罪恶，其中包括允许这样残暴的事情升级。他意识到他早就知道自己的叔叔的为人能干出什么事情来。他想到了强盗和刀战的经历。他想到了当狐狸的耳朵里听到一个具有权势的家族名字时脸上所呈现的惊恐表情。现在一切对他都显得再清楚不过。

他质疑自己被绑架那晚接受了到唐·安东尼奥那里而不是回家的决定。难道这决定的后果不是显而易见的吗？他想着自己是否潜意识出于报复，希望行使这块土地上不饶人的公义。他昂着自己的头，就像是《伊索寓言》里高傲的狮子对待老鼠一样。正是在自己变得不方便的时候去打击弱小、无辜、毫无抵抗力的人的力量，毁灭了这个低阶层的人。

他想要跟叔叔对峙，但他没有那个勇气。相反，一种深深的冷漠感战胜了他的原则性。他意识到，无论如何严肃、如何公正，其实并没有任何形式的正义能把那个可怜情人的生命带回来。他意识到，就像之前的布鲁诺，这个可怜的男人屈从的不只是这块土地上严苛的法律，还包括掌管生命自身更为深刻的规则。这种规则更严苛，对人类的存在漠然，行动上冷酷，因果无法感知，不可预测，意义缺失，受制于更高的实体。他承认自己是个胆小鬼，不敢承受生命中的战斗，或是以人性意志来对抗永恒的摧毁性的沉默和黑暗。

于是他放弃了。

祖母之死

　　"唐·安东尼奥是个讲理的男人，也是一个有原则的男人。但他属于另一代，"教授继续说。"他对自己像对别人一样狠。他为自己的最后一桩罪受到最终的惩罚，因为亚历山大恢复以后再也没去拜访他。他们从没有公开谈论过这件事，但在那些令人不快的日子里，他们之间相互打量的目光足够说明一切。亚历山大从来没跟任何人谈起过这事故，他余生都秘密地经受着罪恶感，他后悔操纵了一场他没有做的犯罪，他甚至没有跟父亲分享自己的痛苦。他发现把这一切埋在心底反而让自己经受了比任何法庭通过的惩罚还要残忍和痛苦，因为这造成了他的自毁，却又没有机会获得假释。几个月之后，唐·安东尼奥患了中风，没人知道他死前那几个月没能再看到心爱的外甥时会明白了什么。"

　　"我不觉得亚历山大有任何罪。"安东尼奥师傅慷慨地说，他不能理解亚历山大的痛苦。"他怎么会预料到会发生什么呢？唐·安东尼奥是个乡村绅士，没有人会料想……"在安东尼奥师傅成为背景的同时，我想到了我的老朋友以及紧接着这个事件几个月之后我们开始的关系。我记得他清澈的蓝眼睛，我第一次理解到他美好的笑容里掩藏着的痛苦。我记得多年前开车把他送到火车站开启新的生命篇章时他所说的话："……但现在是时候忘记过去，往前看！"我不认为他做到了。不管他跑得多快，他还是没能成功地跑过自己。

　　是里加医生把我从这些反思中唤醒，他说："好吧，我觉得是时候开车到维博镇，看望一下我们的好朋友，律师先生了。"

***

　　走向里加医生车的时候，我注意到保险杠上的贴纸，上面用意大利文写着："*Non sono un comunista*[72]！"还没来得及问，里加医生已经觉得有义务来解释，"教授几年前贴在这里的。"之后就没有更多解释。

---

[72] 我不是共产主义者

　　我们进到车里之后，里加先生立刻深深起了一口气，他的车也是，这辆老菲亚特发出嘶哑的声音，呛人的排烟管跟它的主人完美合拍。车的内设是粘布座位，浸满了烟草味，且由于长期日照褪了色。后视镜处有一个圣·克里斯多佛的小雕塑，似乎多年前已被处决并被遗忘在那里，没能办一个体面的葬礼。烟灰缸里满是烟屁股，脚下还有一个可移动的、具有类似外观的烟灰缸。仪表板上有一盒烟和一个打火机。"我决定要戒烟！"里加医生说。"当然，之前我也多次做过这个决定，但这次真是为了最终的好处。请你拿走这盒烟，当个纪念品保留。"

　　有些心不在焉的我回应说："我们要接上唐·皮诺吗？他想跟我们一起来。"

　　"*Ma siamo pazzi*[73]？"里加医生回答"如果我们跟唐·皮诺一起出现，律师要心脏病发作了，他所有可能挺过肺炎的机会都会消失。有人生病的时候，谁想看到一个神父在他们床边？作为医生，我从来不跟穿黑衣服的绅士一起去看病人。这是个坏事；或是病人一看到预兆就死，又或者如果他幸存，他也会余生恨你跟他开这个愚蠢的恶作剧。"我同意他的说法。

　　里加医生的逻辑无懈可击，我为自己的不得体而感到尴尬。但我没有时间表达自己的后悔之情，因为十分健谈的里加医生，在那个美丽的九月下午，开启了一个新的话题。

　　"你知道吗？我真的很仰慕你！你呈现了我年轻时想要成为的样子。你知道，作为年轻的医生，我有梦想。我真的希望创造不同，不只是用鸡来换阿司匹林的乡村医生。但是现在，我像我们大多数的人一样无所事事。那时候我是个不一样的人……我从来不信上帝或任何胡言乱语，我总是想要寻找到比生活本身更大一点的东西。因为我很好奇，也充满希望。有一次去朝圣，我步行穿过我们的意大利，希望能够获得自己没有的灵感。"

　　"那时我跟一些朋友一起去的旅行。从卡马尔多利（Camaldoli）一直下山，经过柔和的溪流，爬上其他的山，去到更远处，我们到达了礁石的底下，最顶端像一只鹰，矗立着维纳（La Verna[74]）女修道

---

[73] 我们疯了吗

[74] 维纳（La Verna）-位于托斯卡纳（Tuscany）的方济会修道院，1224 年，圣·弗朗西斯得到了圣痕。

院。我们是一群很古怪的人。托尼诺（Tonino）的生活建立在教条之上。他痛恨问题，不希望质疑任何事情的基础，尽管他喜欢围绕着这些基础来进行争辩和讨论。对他来说，无论对错，一个很好的立论基础价值巨大。他本该成为一个律师，他喜欢为了赞成或反对任何事情而争论。对他来说，只要他开了头，从无神论到基督教，对与错只是一个决定而已。他相信上帝，就像是一周之前不相信他存在一样笃定。我问他为什么改变主意的时候，他不知道。他耸耸肩，告诉我那并不重要。直到那时他还是错的，现在他看到了光，他希望能够坚持，直到下一阵大风把他推到别处。

"托尼诺组织了这次跨越翁布里亚和托斯卡纳的朝圣来重新确认他的新信仰：在这一场步行参观里，我们会拜访僧侣：那些严肃对待信仰的人。对于这些人来说，上帝不是周末的消遣，而是日常职业：基督教的赞成者。尤其在维纳修道院的时候，我们想要参观方济会，在那里，圣·弗朗西斯度过了跟上帝最接近的日子，这也多亏了 il Conte Orlando di Chiusi 馈赠的礼物。"

"在托尼诺之后沉默跟着的是瘦长和苗条的 Lo Spillo[75]。没人知道他对这样的奢侈之旅是怎么想的，又或者对所有事情的真实想法，因为他宁可点头，不太喜欢对话。他爱我们所有人：他把每个人都看作偶像。他从来不争论任何事情，只是很开心地跟随。如果我们中间起了争论，他就会马上试图去找其实并不存在的共识，缓和气氛。除了在背包重量的压迫下不得不前倾，关于他并没有更多特别之处进行更好地描绘。我们都觉得他有点儿逗，值得起个昵称，因此我们就叫他别针。他最终在一家鞋店工作，我听说他比从前更加坚定；他很有技巧地使用这种坚定感在大甩卖的日子里为自己鞋的质量而辩解。或许，他是我们之中最成功的那个。"

"他后面的是安其罗（Angelo）。就像名字所反映出来的，他是我们之中最神秘的那个。毫不夸张地说，他真正有信仰，又或者应该说是信仰拥有他。对他来说，信仰、祈祷、冥想只不过是与他内在灵魂汇聚的托词而已，于他，信仰也是唯一重要的事。对他来说，信上帝不是一种选择；而是一种自然现象。这就有点像说你必须相信心是为心的跳动而跳动是一个道理。换句话说，他就是我的对立面。"

"我是这个小小朝圣行列里的最后一名。我几乎是作为托尼诺早年无神论的残余附着在这个团体上。跟他相反，我坚定地相信质疑，我以没有什么是不能作出质疑为基础。我永远不能理解（而且我也永远不会知道）上帝是否存在。我是一个不可知论者，永远也是。如同信仰不是安其罗的选择一样，这不是我的选择。托尼诺让我参加，所以我就加入了。不可知论不抵触经验。事实上，我总是希望能"遇到上帝"，这听上去像是一个终极机会。毕竟，我们都只有十七岁。"

"太阳高照，鸟儿鸣叫，溪流在健谈的树下耳语。但谁都没有扰乱那里的宁静。事实上，这些淘气的声音突显了越来越影响我们的安静的重要性，就像一只放大镜让维纳修道院在我们的眼里和灵魂里越来越大。没人说话，突然距离日落还有一小时的时候，我忽然感受到从未有过的快乐。"也许，"我想"安其罗是对的：上帝在那里看护着我们；无论我是否相信。"

"修道院的僧侣很快乐好客。他们为我们提供了汤、饼干和酒。我们从露台上俯视山谷，在晚上的凉风里，我远远地听着托尼诺讲话。

"这是真正的生活。这是我们所有人都应该居住的地方。在这里我们可以接近上帝的创造，不受任何打扰。如同 il Conte Orlando 对圣弗朗西斯说的那样："我拥有一座山，非常遥远，自由生长，太适合那些想要悔悟的人了；那山远离人群，对那些想要过孤独生活的人是极好的。如果你愿意，我很开心为了我灵魂的健康，把它能给你和你的兄弟。"兄弟俩作出了正确的决定。要有足够的勇气才能放弃生活里的庸俗回报，贫穷生活，整年无论下雪还是泥沼都穿凉鞋，睡在没有床垫的木床上……"

出于某种原因，那个充满灵性的时刻被这些话给破坏了，尤其是兄弟俩睡觉没有床垫的概念。这对我来说这也太矫揉造作了。我想，"你可以离上帝很近，但仍然可以像一个体面的人一样睡觉！"突然，我无法明白什么力量能让我住在那里，远离山谷的炎热，交通，大城市人们盯着你那漠不关心的眼神，闹市里的吵吵闹闹。那似乎更像是一种放纵。哪一个是真正的生活？远离常态生存的日常挑战，包括考试、教授和父母？还是在这里看护蔬菜，在花园里累了就开始祈祷？在维纳修道院有益的宁静里阅读、做梦？这一切都有什么好处以及对谁有好处？我觉得这并不是力量，这种选择是虚弱的象征。"

　　"夜晚来临时，我们可以选择睡在普通的床上，或是木板上。我们都选择了木板。也许每个人的选择都有不同的原因：托尼诺不爱守原则，安其罗一点也不关心自己的身体，别针出于同情，我自己是因为好奇。但这是我能触及灵魂生活的最远的一次。接下来的那一晚，我确保自己在一张真正的床上就寝，不用再担心那些僧侣了。"

　　"我成为共产主义者是因为它是一种更实用的选择，也许这原因并不那么崇高，但却使我有更多的机会做好事。我继续相信要做对的事情，要相信平等，要相信体面，这不是因为有什么超自然的力量命令我去做，而是因为这些理念有道理；为什么我们要遵守交通规则？我们这样做不是因为在伦理上有什么了不得，而只是因为这些规则有道理，帮助我们共存。没人会宣称上帝发明了红灯，但我们都会看红灯，这纯粹是因为当中的道理。"他这样总结说；这是一个非凡的声明，尤其是来自一个意大利人！

　　但是故事还没有结束："我的父母希望他们的孩子能成为医生，最后这也是为什么我成为了医生。我去了罗马大学，毕业之后，我希望能够拓展自己的知识，帮助到最需要的人。我跟另外两个年轻的医生去了很远的地方。我最终到了蒙古。当时蒙古属于苏联，他们需要医生，所以共产党组织了一群志愿者。到那里需要坐老火车，穿过不同的国家，花上好多天。那里仍然有第三阶级。有时火车会在一些遥远的车站停上一天，我记得契科夫的故事。时间到了的时候，我们不需要贿赂任何人，火车会继续前行。那是一个夏天，一个愉快的夏天；可以这么说，我们会睡在大草原上，直到火车重新启动。"

　　"最后，我们到达了目的地，我从大本营往山间，穿过高地，四处游荡。我记得很快风景变得绝美但也很荒凉。寂静威严地笼罩着周围，压倒了一切。事实上，甚至不是寂静，而是空虚。远处的声音出现了：动物的叫喊，飞得高高的鸟儿尖叫，小溪的呜咽，风打的喷嚏，这些都是如此空虚的衡量物。我感觉像是已经到达了人性的边界，距离我渴望的永恒精神只有一步之遥。我的脚步开始不稳，无法决定是前进还是后退：一种因为此处灵魂不想与我沟通而导致愿望落空的受挫感觉、一种对于距离无法跨越时空的苦涩、一种大山的伟大存在对一个人来说毫不相关的冷漠感。

　　"那只是非常灵魂体验的开始，非常简短。很快地，流浪的人听说医生来了都从远处赶过来，围绕着我们展示医药艺术的流动车来装配设备。他们会等上好多天才轮到自己的检查，但是他们并不着急。牛从哪里开始吃草并不重要，对他们来说都一样。

"我记得遭受痛苦的眼神。我无法忘记来访的一对老夫妇。她患了黄疸病，得了肝癌晚期。他们那里有很多肝炎！很明显已无法医治，尤其是考虑到他们现有的资源。我只是通过翻译告诉他们，没什么能做的了，她要为死亡做准备。他们很平静有尊严地接受了这一宣判，感谢我告诉他们已经知道的事情。当我后来走出流动车时，我看到他们两人坐在一颗大石头上。他摩挲着她的背。她看着自己的大山。等我回来之后，石头空了。我再也没见过他们。

"我继续努力工作。那些游牧的人在那个没有时间感的地方似乎不知道周末。距离是用到达某个地方的天数来描述，时间是用在一定阶段一个人能走多远来描述。

"很快这就变成了没用的例行公事。我能看到人们即使做出了诊断也无计可施，因为没钱、没医院、没护士、没有基础设施。最终，我们在那里的时间结束了。我们回到乌兰巴托，我再也没见过那个荒凉的地方。我把它称为自己生命中的"插曲"，然后继续前行。

"但是，我始终相信，每个人都有责任尽可能积极地过活。有个犹太人的老话是这样说的，"我希望我能留下一个比我当时发现它时好一点的世界。"我不是犹太人，但是我把这个座右铭作为生命的一部分。即使基于这个立场最终没有什么伟大的事情发生，这也会让我有一天感到欣慰，使我觉得我做了一些事情，不管是多么的微小，但至少还是让世界成了一个更好的地方。一则中国寓言讲到一个老人种一棵需要几十年才能长成的树。一个小男孩问他为什么要做这件事，他不会活到那么久享受树的荫凉，他回答说，"看这些美丽的树，在炎热的夏日里为我们提供荫凉和庇护，那是有人很久之前为我们种下的。"

里加医生继续，"当我回来的时候，我接管了父亲的诊所，成为一名家庭医生。但我没有忘记所有的慈善想法。我尽力地跟上学习医药，尽管在这里并不容易。我参加会议，提高自身，我买了关于心脏病学的书。我最喜欢研究心脏的毛病，因为这里太普遍了。我尽力照顾他人，尽管有时他们并不总是表示感激。有一次，我给一位病人解释她的情况很糟糕，我几乎很难做什么来减轻她的症状（她得了癌症，但我们那时不用这个词），她告诉我说："你知道吗，我亲爱的医生，过来看你之前我一直都很好，你确定不是你让我生病的？"

他再一次继续，"你知道吗？当你老了，你就会变得愈加愤世嫉俗。我甚至不再要求同行间的相互方便（注：医生之间免除费用）。我以前是这样。但有一家人，两个都是内科医生，三个小孩子。我不喜欢他们，因为他们总是当孩子们病得特别厉害的时候才过来看医生，而不是在早期就看。我不尊敬他们，因为我觉得他们粗心大意。最后，当母亲再一次地强烈反对同行间的方便，坚持要付费的时候，我收了费。毕竟，如果她都不关心自己的孩子，我又为什么关心他们的财务情况呢？第二天，我收到一张她丈夫的字条，感谢我收取了他们的费用。他们一直很固执不想使用我的免费服务，所以他们总是拖延到无法避免的时候才看病。从那天之后，他们的孩子享受了最好的照顾！所以，你看，好的动机未必会产生预期的结果。"

来来回回地，里加医生继续着随意而又无从关联的谈话，通过跟一个医生同行分享他的孤独职业生活的秘密，向我发泄他多年的寂寞。

我一边听着，一边跟着车一路喘上山。在我的右方是桑塔乌费米亚海湾（Gulf of Santa Eufemia）壮美的景色，我断定里加医生毕竟不是个坏人。从开着的窗户往外看，新鲜的微风吹进车里，我看着可爱的皮佐镇矗立在礁石上，就在第勒尼安海之上，九月初的太阳底下，仿佛真的在微笑。

当我们进到病房，看到律师穿着一件干净睡衣，露出两条多毛瘦削的腿，拖着一双拖鞋，推着吊着静脉注射液的杆子。他急忙向我们走过来。"Dottori miei! 谢谢过来啊。你们得马上做点儿什么。他们在这里要杀了我！你们一定要救我！不能抽烟，不能喝酒！我担心你们不帮我的话我就要死在这里……或者也许更糟糕的是，我担心我不能死，得一直听这些清教徒的废话！"

从他的话语和争论自己生存方式的精力来看，很明显抗体已经开始发挥神奇的作用，他明显比早前好多了。

里加医生看了挂在床尾的表格，上面勾画了一些重要的标记，他给我看了划得很明显的温度线已经指向正常。他没有抬头，告诉律师，"我很遗憾地告诉你，不管你喜不喜欢，你都不能再吸烟了……除非你更想选择死亡。为了帮你，我自己也戒烟。朱塞佩拿着我最后一盒烟作为纪念品！我们要一起戒烟，人家说"*mal commune mezzo gaudio*"[76]。如果你以祖先的坟墓，庄严承诺你要戒烟的话，我可以带你去酒吧，请你喝咖啡和茴香酒。"考虑到他别无选择，至少在医院期间已是如此，这两项额外津贴要比什么都没有强，律师含含糊糊地说"*andiamo*"[77]。

我们正帮他穿上裤子，从床下找回鞋子的时候，从护士那里听到我们来了的 il Primario[78] 走进房间。他是一位上了年纪的绅士，梳理整齐的白发，一席长身白大褂，衬衫敞口处，一条金色项链在黝黑的皮肤上闪闪发光。这条项链质地很精美，有一个简单的十字架，很像是孩子们参加第一次圣餐仪式所得到的那种。这项链很有可能自从他母亲几十年前给他带上的那刻开始就一直紧随在他胸口。他没有任何装腔作势、矫揉造作，而是带着自然的温暖，微笑着走向我。科室主任很有活力地跟我握了手。"请到我办公室来，我给你看看 X 光片。真的很高兴见到你，我听说过好多关于你的事情。实在是很荣幸！"

于是，因为里加医生对诊断证据丝毫不感兴趣，仍在整理他朋友的着装，因此我跟着科室主任到了他的办公室。他从一个棕色信封中拉出一张胶片放到显示器上。很显然，肺炎的诊断是对的，毛绒绒的渗入物出现在右肺的上叶。"这是今天上午的 X 光片。跟昨天的一样，没有恶化。他昨晚开始服用抗体之后已经退热了，"他骄傲地说。"几天后，他就可以回去，像小学生一样四处跑了。"

作为美国的医生，我情不自禁想要增加在场的价值，于是我开始了关于潜在鉴别诊断的论文，搜查如何排除一个吸烟者患有癌症的可能，如何用带"灌洗"的支气管镜检，X 线断层摄影术，和其他一些科技科技来帮助排除任何我热切的想象力能想到的任何其他病症可能。

科室主任崇拜地听着我的论文。这时里加医生过来，想要通知我病人已经准备好了到酒吧接受承诺过的万灵药。他很近地站到我身边，仿佛对于自己是我的一个熟人而感到自豪。最后，当我结束了论文陈述之后，科室主任以极其虔诚、非常绅士的态度，谦虚地表明，"是的，当然！我们可以做这些测试，不过老实说，病人只是得了一种很典型的肺炎克氏杆菌，也许我们应该只是紧密观察他的情况，因为他已经好多了。除非他的情况忽然变差，我们才需要考虑进行更多其他的测试。"

---

[76] 分享痛苦能转化成部分的幸福
[77] 那我们走吧
[78] 科室主任

　　我深感惊讶，问他是如何确认肺炎的原因。"细菌培养物已经回来了吗？"他坦白地回答说，"没有，不过多年来我已经看过足够的案例。他们不是很常见，但一旦出现都非常典型，粉红色的痰，以及 X 光成像。明天我们会得到培养物的结果。"

　　当然，几天以后，结果证实了诊断，律师跟他的朋友们回到了 Chiazza 广场，靠着 X 光片、一定剂量的抗体和富有经验的医生，他被从坟墓里拯救回来，以重新焕发的体力来咳痰。他甚至在我们这桌人面前停止了吸烟，或者至少里加医生在场的时候是如此。当我跟其他人汇报律师接受的诊治是如何令人惊奇的简单时，里加医生指出解决医疗保健费用不断上涨的方法很简单：培训更好的医生。我后悔地喝掉内格罗尼酒的最后一滴，想着为什么没人想到过这一点。皮佐智者帽子上的另一只羽毛！

　　不过我要提前结束我自己的思考了，因为当天从医院回来的晚上，我们坐在 tavolino 桌边，向他的朋友们汇报律师的情况，这时马尔凯塞礼貌地表达了想要继续听亚历山大故事的愿望。于是，教授继续……

***

　　自从离开皮佐到米兰念法学院之后，亚历山大只是偶尔回家乡，一般他回来主要是为了看他的祖母。事实是，他永远都是祖母最爱的那个，他对那个人人都敬畏的那位不可战胜的女人一直保留了柔软的感情。因此多年之后，当他在米兰进行派对活动的时候，他父亲打来的电话让他吃了一惊。"我母亲不行了，我要到卡拉布里亚（Calabria）看她；你想跟我一起吗？"

　　他习惯于父亲具有戏剧性的语气，也已经习惯于在听到他几个假信号之后镇静以对，但这一次他知道是真的。她已经病了有一段时间了，大部分时间都只能卧床，她得的是癌症晚期，里加医生已经放弃治疗方案了。事实上，是他给米兰打电话报信的。但是，亚历山大不相信祖母真的会死。那会儿他刚刚念完法学院，已经不年轻了。他经历过了周围朋友因为意外、服药过量以及自杀等死亡。他过着令人惊叹的生活，很多人一生都没有机会像他一样体验。但是，祖母的死看上去像是他没有准备好的里程碑事件。

99

他跟父亲一起在长夜里开车驶往卡拉布里亚。他们到达的时候，父亲告诉他，他不想进到祖母的房间。"当你老了病了，如果家里所有人都开始来看你的时候，你会意识到你要死了。"他父亲这样说道。亚历山大一直爱着他的父亲，尽管他的逻辑好几次让自己感到困惑。他，已经准备好走到祖母的床边。

她看上去很虚弱，但脑子很清楚。她见到他似乎很高兴，尽管呼吸沉重，但是她还是能够对孙子耳语几句仰慕的话。"你一直是这个小镇上最英俊的男孩，每次我看到你，你都变得更帅。你几乎跟你在战争里牺牲的伯伯一样英俊。"她始终对自己第一个儿子保留着悲痛的爱。

莎拉抓住他在那里的机会，离开去休息一会儿。这时他坐在床的一角，紧靠着自己的祖母。他父亲时不时从门口处探过头，不让人发现他眼中有泪的尴尬神情。祖母以为自己跟她疼爱的孙子单独相处，她抓住他的手说，"亚历山大，我不想死！"就像是要从悬崖上掉落般，她抓住他的胳膊像是在已经逝去的日子和将要到来的日子之间造一座桥；一座她知道她再也无法跨越的桥。

多么令人惊奇的一幕！他生平第一次看到被恐惧占据的祖母！这个女人曾以一种王妃的尊严俯视战争、悲剧和屈辱，如今却在生命里程最自然的终结处失去了镇定。他对她的恐惧感到不安。他青年时代就见证了很多死亡，但他总是力图把这些死亡合理化，与其保持距离，仿佛死亡是可以被避免的不智之举，或可以通过充分准备被预防的错误，并不适用于他以及任何强大、成熟的人。但是祖母的恐惧，那个曾是自己和他人眼中无畏的主人，如今破坏了他可以确定的最后一道立场。

"所以，不要死！——我看你气色很不错！"他嘴角上扬，她报以微笑。他们彼此的默契无需多言。

那天晚上唐·皮诺来了，坐在祖母的床边。他的眼睛深润，说话也是磕磕绊绊，但他讨论了生命的美丽，全能上帝的仁慈，以及死亡如何只是个开始而不是结束，与那些在世间做了诸多善事、品格高尚的灵魂相聚的喜悦。他也讲述了唐娜·乔凡娜做过的伟大事情，每个站在床周围的人也愉快地回忆着、贡献出他们自己的轶事和那些被遗忘已久的故事。

那天晚上并没有什么正式的忏悔，因为没有这个需要。唐娜不相信她做过任何错事——至少没有任何她在跨越天堂之门之时，不能跟全能上帝实现调解的事情。所有人包括唐娜在内都背诵了主祷文，尽管唐娜沉着地以狐疑的眼神打量四周。她经常看向亚历山大以寻求安慰，他向她微笑，示意她要耐心，仿佛两个人在密谋着搞什么恶作剧嘲笑观众，仿佛这一切不过是一场胡闹、是一场让亲戚朋友开心的俏皮话。

最终，唐·皮诺用圣油在她前额上划了十字，完成了自己的部分，她高兴起来，从勉强的严厉和镇定中放松下来并转向他说，"像我们之前谈论过一样，我觉得现在是该喝那瓶有名的香槟酒的时候了！"于是，冰镇的酒瓶被带过来，每个人都喝了一口冷饮料。

那晚，亚历山大躺在邻近祖母房间的小床上，他还是孩子时就睡在那里。当他对比着无尽的寂静和过去的声音时，门打开了。就像他记忆中的每个夜晚，祖母把头探进房间，确保他安全地躺在床上。"怎么样啊？""很好！""好，好"亚历山大听到祖母所说的最后一句话。早上他醒来的时候，祖母已经死了。

他们在小房间设立了葬礼厅，看上去很壮观。一口大大且闪亮的棺材居于大房间中央，几张祖先的照片非常胜任地保护着它，因为他们已经经历过这种终极体验。

他很惊奇地发现，那些又老又重的书桌连同其他家具要在清晨寂静的几个小时之内被搬走原来非常容易，小房间变得双重空虚；首先是被挪走的家具，其次是不同意接受死亡的唐娜从她那无生命的躯体中离开了。

祖母被放在棺材里，脸上挂着嘲讽的微笑。事实上，这是回荡在房间里无声的笑，用以提醒着我们生命的徒劳，并且作为备忘录，提醒我们时间的存在是为了实现那些可预期且无法改变的死亡命数。一切都静止着，包括莎拉，她坐在棺材尽头的一把小椅子上，像一只忠实的狗保护它的主人一样。她的眼泪无声地从双眼里流了出来，她手上拿着一块手绢，不时地擦去眼泪。当手绢都被浸湿的时候，她会站起来，走到主人面前，摇晃着走出房间，一分钟后回来，坐在同样的那把椅子上，手里拿着一块干的手绢。

亲戚、朋友、熟人来了又走。大多数都有话要说，在场的核心家庭成员都会报之以微笑。亚历山大在那里待了数不清的时间，他不断在寻找最适合的情感示人，但是他无法决定、无法厘清所经历的一切，只剩下对生活的无力和厌恶，以及对其所代表或不能代表的一切产生的莫名愤怒。他回想起年轻时跟祖母一起度过的时光，他的眼睛开始变得潮湿，极为不舒服，他转移自己的视线，穿过窗外，捕捉到深蓝天空的一角，那里盘旋着漠不关心的云彩。他在寻求一个解释，或是简单的信号，反正是任何来自那上面的事情。

在祖母去世之后，亚历山大回家乡的次数更少了，回家对他来说不是特别滋养的事情。大多数情况下，他会在夏天回来短暂歇息，尽量跟那些也是在夏天期间回来寻根的老朋友相聚。有一次，他跟巴比诺再次会合，接受了跟他及他小女儿一起乘坐他家小船出海的邀请。

在一个炎热夏天的早上，他们离开了海岸，船外侧引擎的噪音占据了主导。但是亚历山大听到的话却很清晰：巴比诺将船转向公海时，告诉他关于自己的生活。"显然，这种情况下，我没法做长期规划。"

如同多年前的情形一样，亚历山大不清楚这句话的来源或者会要引到哪里。这已经成为巴比诺的一种基本性格，当他想要被问到的时候，他会自言自语。尽管亚历山大很关心巴比诺的状态，但是那时他的想法似乎僵住了，因为他被老朋友的自我检视搞得心不在焉。他很欣赏巴比诺长达十几年的坚持。巴比诺跟几年前相比一点都没变。当然，除了身体的一些变化之外：长了些肉和白头发开始在头两侧长出——他们刚刚跨过三十岁的门槛，但其他都没有什么改变：不注重细节的行为、反映出想法的话语、跟别人谈话时近视的眼神看向远方等等都没有变。他说话像是他没有想到他自己，而是在汇报来自遥远的世界或是时间的笔记。作为被遗弃了船的船长，他搜索天际寻找一块土地，对此，他知道即使有专家的仔细检查也永远不会到来。尽管作为专家的技能毫无用处，但展示出来却是宏伟之事。

迷失在这些想法里，亚历山大没有注意聆听巴比诺的声明，也忽视了他想要表达的意思。但是，就像多年以前一样，巴比诺继续讲述他一连串的想法，在上午思绪的清水里投下了更深的网。"九月我要考虑跟我妻子分开。"巴比诺说。

"你为什么想到要分开？"亚历山大问道，忽然从恍惚的状态中清醒过来，他意识到这不是随意的谈话。巴比诺那天上午把他带到桑塔乌费米亚海湾的中央，不是为了躲避闷烧海滩的炎热，而是逃离更深的一把火，一把只有船外侧引擎的咆哮声才能熄灭，才能把他的痛苦赶走的火。

　　"我在罗马的时候，我每天、甚至周末都在工作，这样的生活就这样过了七年了，从来没有回过家，我几乎从来没有看她或是我女儿。我的工作需要随时待命……必须要准备着到处旅行。是，先生！这就是宪兵队（Carabinieri）官员的生活。你要去调查需要你的地方和他们派你去的地方。我被派到美国，北部和南部，或是中东，然后去突尼斯，利比亚，然后是黎波里，接连好几个月，现在我又被重新调往墨西拿，领导反黑手党任务。她不希望搬到那里，她想在罗马跟卡拉在一起。她不喜欢小镇。"

　　"你能要求重新调回罗马吗？"亚历山大问道但没有得到回答。亚历山大知道对话结束了，该说的已经说了，就像是斯特龙博利岛（Stromboli）短暂的爆发，火和熔浆已经平息下来，只剩下一团烟雾留下来，从亚历山大的思绪中缓缓逸出。也许更为明智的是问一下分开的深层原因，但亚历山大知道这个问题会让自己的老朋友在小卡拉面前更加尴尬，而且不管如何，巴比诺的脑袋里并没有这个问题的答案。具有讽刺意味的是，这个熟悉侦查任务的男人，却不能或不想知道他自己生活的吊诡。他意识到巴比诺对于跟妻子分开的深切痛苦，因为他仍然还爱着自己的妻子和女儿。这痛苦感觉同时带有苦涩，因为他没有预料到这件事的发生，他也无从反应，因为自己的想法已经麻痹住了。

　　引擎的咆哮渐渐减弱，终于停止。船在海湾的中央熄火，这里第勒尼安的海水碧绿且深。"这里水很清，我们游泳吧。"巴比诺先跳下去，然后是他的女儿，然后是亚历山大。他们围着船游，冷冷的水流让他们的身体凉爽下来。卡拉紧靠着自己的父亲，因为她害怕下面的深水和神秘的黑暗。巴比诺把她拉近，带着仁慈笑容的阳光抚摸着她飘在深蓝大海上的金发。有那么一刻，天际被遗忘，其间的空虚也被恶作剧般拍打船两侧的浪花所超越。七岁的卡拉满心欢喜地嘲笑自己的恐惧，在巴比诺和亚历山大之间游来游去。这一天，她将永远都不会忘记。

　　亚历山大再也没有看到过巴比诺。在女儿必须回罗马之前，他或许再次出了海，检查过天际线几遍。之后，他没有回到墨西拿，也没有去罗马或其他地方，他在老家的房子里开枪自杀了，面前是他自己亲戚的不以为然的肖像，和一个右手握着一颗心的耶稣雕像。没有人知道他的自杀动机，亚历山大那时距离太远，无法亲自吊唁。他只是在几个月之后才通过朋友的朋友那里获得这第三手渠道的消息。他距离那个小镇的生活是如此的遥远，更不用说他和自己灵魂的距离了。当从墓地回来的人们讨论着临床抑郁症的恐怖时，巴比诺的秘密也跟随他自己一起埋葬了。

　　"是的，情况已经变了。如今他们把自杀身亡者也埋到墓地，就像是上帝的其他创造物一样。我觉得这做法是应该的，"安东尼奥师傅说。"他们无法承受生活的痛苦，这并不是他们的错。"

　　唐·尼诺一句话也没说，只是点头应许。这是他人生中作为悲悯的牧羊人所取得的成就之一。

蒙特卡洛之旅

关于皮佐的描述如果不提到若阿尚·缪拉以及以他命名的城堡的话便不算完整。大多数人都记得，在托尔斯泰的小说《战争与和平》中，缪拉是一个自恋色彩极重并喜欢炫耀卖弄的典范。在莱比锡战争之前，他骑着马，思忖着敌人的战线，准备好跨过他自己眼中的卢比孔河来支持拿破仑的梦想。不幸的是，法国军队在此刻遭受了决定性的失败。于是，跟比他更成功的罗马同伴相比，他扔出的骰子没有像罗马人为凯撒带来荣光般，给自己生命赌桌带来什么好运。经过更多的战役，作为拿破仑·波拿巴的妹夫、法国大元帅、欧洲第一骑手的若阿尚·缪拉，作为贝格和克利夫斯公爵、那不勒斯和西西里国王的生命，本该会逐渐被人遗忘，直至他以自己独有的方式结束生命时，这才让皮佐在历史上留有一席之地。

托伦蒂诺之战被击败之后，缪拉试图反抗奥地利人并宣称自己才是那不勒斯和西西里的国王，他逃到科西嘉岛去，集结了由一伙支持者组成的军队。在那里，他通过引发科西嘉岛的叛乱，策划了反对重新建立以往君主的行动。于是，1815 年 10 月 8 日星期日，在皮佐港口登陆之后，缪拉试图在镇广场召集支持——这辉煌的广场也就是我们故事里一直作为中心场景的 Chiazza 广场，但是人们对这运动漠不关心，甚至带有敌意。很快，重新建立的那不勒斯国王和费迪南四世的军队逮捕了他，他最后被指控犯有叛国罪，被枪决处以死刑。

很多当地人想当然认为他的尸体会被埋在我家前面的圣乔治教堂。确实，在地板中央的过道，在跨过入口只有几步之遥，你能看到有他名字的一块墓碑。多年来，皮佐人试图确认教堂里埋着的骨头属于这位历史人物，他们还跟意大利和法国世俗的或是信教的权威谈判，要以他和他心爱的妻子卡罗琳·波拿巴之名建一块碑——这位妻子除了是他的配偶以外，与整个磨难毫无关联。

于是，我们整个心爱的小镇开始进行令人钦佩的努力，希望在历史上获取一个有价值的角色。讽刺的是他们通过对他们之前背叛和唾弃的人进行谄媚的方式完成这目的。可这不就是生活吗？试想如果缪拉通过皮佐的时候畅通无阻，毫发无伤，整个事件该有多微不足道？那么城堡将以谁为命名呢？历史不能是由"如果"来组成的，我们还是把这个令人气馁的问题放到一边，纯粹地对这位献出自己生命换来皮佐盛名的法国英雄保持感激吧。

据说当皮佐人因为逮捕了缪拉而领受奖励时，他们全体一致地选择将皮佐提升到"市"的级别。这也是为什么这座小镇仍然被称为 La Cittá di Pizzo[79]。

Il Castello[80]自相矛盾地以其受害者命名，因为这就是若阿尚·缪拉被关押入狱五天之后最终被处决的地方。历史上说缪拉迈着坚定的步伐走向处决地。眼睛被蒙着，他宣告，"我已经面对太多次的死亡了，一点也不怕。"当一切准备就绪，他向执行枪决的射击队下令，*"Soldats! Faites votre devoir! Droit au cœur mais épargnez le visage…… Feu![81]"*

城堡是 15 世纪由阿拉戈纳的费迪南一世下令建立的，立在面对桑塔乌费米亚海湾的礁石上。它主要是作为要塞而不是城堡，包括两个大型塔楼，由非常厚的墙连接，用于保护皮佐镇免受来自海上的袭击。在其一边，它矗立在一块悬崖上，一直延伸到以前曾是皮佐的港口，但如今被称为船坞的地方。面对内陆，它被一条护城河与城镇的其他地方分开，仅由一条吊桥连通。好几个世纪里，神秘的隧道在这里被建造，用以连接港口和小镇的不同地区，又或是很少有人知道海岸线以下的地方，因此使它们显得更加神秘和难以置信。

除了封建家庭间代代的所有权之争，这城堡看来从来没用于最初的目的，而是像稻草人一样在陡峭的悬崖上阻止萨拉森海盗。在这一点上目标的确是达到了，因为历史上皮佐没有任何遭遇海盗袭击的记载，但是它却不能吓退乌鸦、知更鸟、蝙蝠和其他一些飞行生物，它们在过去的几个世纪里都能肆无忌惮地在墙上的裂缝占领自己的殖民地。

1835 年，亚历山大·杜马斯参观了城堡，并称赞其具有"拿破仑一世时期伊利亚特史诗里荷马般的地位"。1892 年 6 月 3 日，城堡赢得了自己的地位，意大利政府将其变为国家纪念碑。

到了现代，缪拉城堡除了主要作为旅游景点之外，还作为知识分子的活动场所，若阿尚·缪拉曾被关押的监狱以及他被处决的地点均被作为备忘录被保留在那里。导游会自豪地向心不在焉的游客展示墙

---

[79] 皮佐市

[80] 城堡

[81] 战士们！执行你们的职责吧！请避开脸，往心上射，开火！

上那些代表了第一轮射击的洞，当时的前那不勒斯和西西里国王最初被仁慈的射击队放过了这一轮射击。城堡现在是各种文化活动之家：回忆受害者最后日子的博物馆，最底层的是青年旅馆，最上层的是桥上锦标赛安静的休息处。更重要的是，这里在白天是蝙蝠的避难所，在夜里是乌鸦或知更鸟的避难所。对于本地人来说，这是一个可以从塔楼顶部露台处看向大海欣赏日落的地方。这也是一处可以平静地观察小镇的地方，过客经由 Chiazza 广场来来去去到我们在之前章节提到过的 Spuntone。

城堡也以其自身的酒吧闻名，有些特色饮品有可能比它本身的历史还要悠久，其中一个例子就是著名的杏仁牛奶。就是在那里，在维博医院看过可怜的律师先生之后的那个早上，我遇到了马尔凯塞。我们心照不宣地遵循在那里相见享受一杯杏仁牛奶的老习惯，然后一起走到 Chiazza 广场跟其他老人会面。

回应我的招呼，他强作镇定，脸上浮现不自然的微笑，像是一个很久没有体验过幸福的人。我习惯于他的忧郁，所以照例没有太注意这些细节，但最近他的沮丧似乎变得越来越沉重，就像是一堵情感的墙阻隔了他和我们其他人。甚至他用手杖快活击打我肩膀的动作也不见了，只是一直叹气以及心不在焉地看向天空。

我们坐在城堡一个露台的小石凳上，安静地啜饮着我一出现就端上来的杏仁牛奶。

之前晚上我醒着的时候想到了亚历山大，想着是否应该贡献自己对于他离开皮佐之后的一些回忆。一方面，我感到有一种冲动要分享往事，但另一方面又因为一些事实造成的尴尬忍住了没有向他们汇报。这些事实包括那些年我自己行为中不那么光彩的一面。

醒来的时候，我决定尤其是当着我父亲面的时候不值得挑起这些话头。我以为已经与自己和解了，然而当马尔凯塞坐在我面前的时候，一股冲动还是促使了我开口，"在我们两个都离开皮佐之后，我确实见到过亚历山大一次，就在医学院最后一年前的夏天。那时候我为了准备考试学习，决定去米兰呆一小段时间，拜访当时也在医学院的几个朋友。那时，亚历山大刚刚读完法学院，我通过共同的朋友听到一些他的消息，尽管没人知道当时他在做什么……"

"等一下！"马尔凯塞打断我。"我真的很希望你告诉我这一切，不过我觉得你应该等我们跟所有的朋友在一起的时候再讲。略过这一段不是很公平。我觉得到目前为止，他们所有人也许除了你叔叔以外，都对这个故事全神贯注。有什么理由不跟他们分享吗？"

我撒了谎回应道，"没有任何理由。我很愿意这样做。"

又一次地，马尔凯塞率先走下古旧的台阶，一只手里握着手杖，另一只手里攥着手绢，我跟随其后，没有上前帮他，因为他很希望大家对待他就像对待以往那个年轻英俊的男人一样。

Tavolino 桌旁的生活如往常一般继续。日光穿过秋天的微风而来，善良的老人们如常在阳光下取暖。让我感到羞耻的是，包括我父亲和叔叔在内的老人们将要听到我青年时代的一些故事。而在这之前，我对于这些故事都是秘而不宣的，但是我想要分享亚历山大故事中痛苦因素的愿望实在太强烈了，故而无法再隐藏。同时，我也生出一种难耐的欲望，希望以通过建立他生命的另一篇章让他在我们的回忆中活得久一些。

马尔凯塞在安其罗儿子的陪同下坐进了铝制的椅子，是他宣布了我想要贡献故事的愿望。每个人都在那里，除了仍然在维博病房里折腾的律师，他一边带着杆子进行静脉注射治疗，一边抱怨缺少生命中真正的必需品。

很奇怪的是，我一点儿都不在意唐·皮诺在场，他也将听到我青少年的劣迹。如我们之前透露，因为他听惯了忏悔，所以他是最不可能被罪人的创意吓到的。

于是，我开始了讲述：

***

夏天……我在米兰，拜访一些也在医学院的朋友。我们一起学习，一起为在医学院的最后一年作准备。我在一个朋友的公寓落脚，渴望浇灭平原上夏日的炎热，我不时地喝凉茶，吹风扇，勤去洗手间，把头浸到水龙头底下。我的日常生活很简单，没有什么计划。在那里，我白天学习，晚上跟朋友去市中心。夏天那里几乎是个空城，给人一种毫无障碍就能成为街道和各种场所主人的喜悦感。跟老朋友一起度过时光让我感到心旷神怡，我本打算在那里至少呆两星期，然后回到我正常的日常作息。

一个星期五下午，我的房主出门度周末了，整个公寓都属于我一个人。闪电开始活跃，雷和一阵卷风紧随其后，将夏日令人窒息的沉重转化为活泼的山间之气。我走到露台上，欣赏第一滴雨水，闻着雨水浸湿了灰尘的令人刺激的味道，享受与倾盆的夏日暴雨互补的令人惊叹的烟火。这时电话响了。我被嘱咐说要接电话，因为有可能我的房主想跟我联系。

对方的声音似乎跟延长的雷声同步。我听到，"朱塞佩，是你吗？是我，亚历山大。你记得我吗？我听说你呆在这里。你怎么样啊？我们好久没有听到彼此的消息了。"

确实有很多年了。并没有什么特别的理由，但是我们的确逐渐从对方的生活里漂走：我们在不同的地方居住，走上了不同的职业道路，被不同的浪漫冒险吸引了注意力。我们迷失在青春的世界里，挥霍青春，毫无秩序，也没有截止期。

听到他的声音，我当然也十分激动。我们一度讨论一些与共同回忆无关的事情。我们以有些假装起诉的语气来描绘各自的道路，弱化我们的成功，强调缺点，就像任何老朋友会做的那样，来恢复青春时代令人愉快的愤世嫉俗。但是很快，我们谈到了近况，并开始停下来，搜寻下一个可以讨论的话题。

亚历山大提出了建议，"听着，我现在蒙特卡洛。这里很棒，白天很好玩，晚上更好。你应该过来，我保证会好好照顾你，我发誓我们会有很好玩的一到两个周，就像以前一样，然后你可以回去学习。来嘛，我们只活一次，不是吗？"

应该说明的是，我从来不是一个严格遵守原则的人，几乎对任何能激发我好奇心和冒险欲望的事都抱持开放的态度。因此，对于人们仁慈的说服行为，应该坚定地少遵守一些原则，来补偿在其他事情上的缺乏决定。于是，我的学习、我的职业和我的未来也融入了一种补偿机制，来证明其他堕落行为的正当性：为原本毫无目标的存在，提供一种统一的目标。换言之，只要我白天遵守由传统智慧指示的一系列目标，那么在业余时间里，我觉得自己便能从所有其他懒惰、放荡的罪恶中获得赦免。

结果，我就像被卢奇尼奥洛（Lucignolo）煽动的匹诺曹一样，到了玩具王国旅行。我以同样的坚定，拒绝了他早期的坚持，但接连产生了下一个结果。说正经的，我也无法拒绝来自亲爱朋友的邀请，毕竟我已经好久没见到过他了。对于能见到老朋友的笑容并跟他一起分享儿时的无忧无虑，这实在太过诱人了。于是，我打包了几样东西去了火车站。第二天，我到了蒙特卡洛。

亚历山大在火车站等我。他开着一辆绚丽的法拉利敞篷车。他皮肤黝黑得完美，穿着一件白色网球衫，带着黑色的雷朋太阳镜，看上去跟我最后一次开车送他去皮佐火车站的样子一模一样。

他一看到我就笑了，在众目睽睽之下示意我跳进车里。他并不拥有这辆法拉利，车属于他的"朋友"：一位富有的美国女士。

我们沿着海岸驾车，并在酒吧停下来，沿着海滩散步，回忆美好的旧时光。他告诉我他只为让父亲高兴才读完法学院，他永远也不会做律师。他也说了他不会参加律师资格考试，准备余生沿着意大利或是法国的里维埃拉一带当小白脸，必要的时候才去找些临时的工作。他谈起这些的时候极为自然，我没有理由认为他不是认真的。但是我很轻松地回应了他，并开起了玩笑。我调侃他这么多年愤世嫉俗的性情一直没变，建议他需要一点时间变得成熟，"与这个计划好好相处"。他俯就地笑了笑，没有争辩。不过，因为很显然我已经陷入过分的说教，他用一只手里的雷朋眼镜碰了下我的肩膀，指着向我们这个方向走来的两个漂亮女人说，"你觉得如何？我们是不是该陪一下这些迷路的灵魂？"

两个漂亮的女人确实看上去在打量四周，彷佛她们丢失了什么东西，莫名相互对着笑，她们似乎尽力在找一些事情来做。像往常一样，亚历山大礼貌地接近她们，询问她们是否需要任何帮助，因为她们看上去像是迷路了。她们看上去很显然是美国人，他用一种语法上很流利但口音很重的英语跟她们讲话。

总是让我着迷的一点是，每个有机会跟亚历山大接触的女人都很快觉得他跟自己有关，无论是直接坠入爱河，还是接受他的陪伴，或只是感到好玩。我从来没看到过一个女人因为他的主动而气恼，或从他身边走开，这一定是与他的自然、自信，当然还有身体样貌的综合魅力使然。多年过去了，亚历山大已经成为跟异性建立关系的大师。也许真正的秘密是，在现实中，他说话从来也没有言外之音。他没有饥渴地寻求陪伴或是从异性那里期待任何特定的东西，所有都是后者即兴给他的，他只是享受当中的互动。就像面前的情况一样，我很肯定他确实纯粹是想帮助那两个漂亮的陌生人，与这些善举有可能伴随的其他结果并没有任何关系。

事实上两个女孩刚刚跟她们的男朋友到达蒙特卡洛，她们比从远处看上去显得更年轻。她们在找一处不那么昂贵的好地方或是不错的夜店喝点东西，基于旧大陆的自由标准到这儿玩一玩。因此，聊了一小会儿，沿着滨海大道走了一会儿之后，我们跟他们的男朋友汇合，然后集体继续去一个很好的餐馆，餐桌固定在露台上，俯瞰大海。

亚历山大将四位游客介绍给店主，告诉他要好好照顾他们。我们道别之后，我能看到当中一个女孩满是忧伤的眼睛，她对亚历山大说，"非常感谢你！我希望我们能再见面！"

我们继续走啊走，偶尔被一些不值得记录的干扰打断。夜晚来临，肚子提醒我们晚饭时间到了，于是我们选择了沿着海滩的一张桌子上用晚餐。来自大海的微风温暖宜人，除了人群跟我们在皮佐时桌边萦绕着的不同以外，气氛同样是轻松愉快。我们要了酒和少量食物，然而其实我们两个都不饿，更感兴趣的是跟对方讲彼此的故事。如今尴尬被打破，更为详细的回忆从我们记忆的各个角落随机迸发出来。

亚历山大已经在蒙特卡洛住了好几个月，他住在邻近美国女士朋友的一间小公寓。他这位朋友已经结婚了，她常常呆在里埃维拉，以远离她富有但无聊的丈夫。据亚历山大说，她的丈夫是个极为慷慨的人，他很注重另一半的快乐，因此只会偶尔回来看这位朋友。但是，若是亚历山大直接跟一个已婚的女士住在一起并不妥当，而且更重要的是，这个理由对于亚历山大来说尤其顺手，因为他没有任何通过跟其他人分享自己的生活来限制个人自由的倾向。

看起来，这位女士也从财务上很好地照顾着亚历山大，使他过着高贵的生活。她深爱他，只要她能够偶尔见上他一面，被他用力的胳膊紧紧拥抱，她愿意接受任何妥协。我不确定为什么自己轻率地问他是否爱她，或是对这位女恩主是否产生任何情感。总之亚历山大只是回应说，"我不知道。"

那天晚上，几瓶红酒或是其他烈酒下肚之后，我们最终到了一个夜店。醉醺醺的美国人听到我们在说意大利语，开玩笑地问亚历山大，"你知道怎么判断一个意大利人在附近吗？就看垃圾桶是不是空了，母狗是不是怀孕了。"

我从未目睹过亚历山大被一种完全不恭顺的行为所挑战，因此我紧张起来，同时也好奇地观察亚历山大的反应。在我因为有些醉而模糊了的意识中，我努力准备好一场战斗，或是如果情况允许下，更希望是一场得体的战斗。当时有女孩跟我们在一起，我倍感压力，觉得应该避免充当懦夫的角色，尽管那是我一贯的作风。事实上，我从来都不想在对自己来说毫不相干的话题上面对一个陌生人，更不用说让自己陷入到尴尬争端的荒唐局面，这一困境比遭受可能的淤青更让我烦恼。不过任何这些想象都没必要。亚历山大很镇定地站起来，冷冷的蓝眼睛直视这位陌生人的脸，用一种混合了意大利南部和英国的口音，问他，"有什么问题吗？"每个人都对此大笑。

我记得接下来的是，这个美国人并没有冒犯之意，只是不善于国际交流的外交措辞。他跟我们坐在一起，聊起他小时候在纽泽西发生的事情，而我们两个，尽管来自小康家庭，却在捡拾食物，或跟其他物种的异性发生不合理的关系上没有什么经验，于是我们运用最大限度的想象力来教他如何从垃圾桶里偷残留物，以及如何在一晚上使更多的母狗怀孕。当然，一切很快变质成其他话题，变得对更年轻的人不得体，对中年人来说没什么品位，对成熟的受众来说陈腐老套，因此，我就不再跟读者啰嗦这些无关紧要的信息了。

我们再也没见到过这个美国人，但我沉思着想象他如何靠意大利朋友指点开心地从垃圾桶里偷食，高兴地跟哺乳动物里任何异性的任何样本交配，全然不顾达尔文定律。最重要的是，我相信他不会在意大利的大使馆或是领事馆供职，也不会在任何有垃圾桶或是母狗的国家外交部门做事。

那天晚上，我们喝得如此之醉，本该受我们保护的女人不得不扛起照顾我们的工作，也没法指望从我们这里收获感激之情，因为我们两个都断片儿了，记不得那天晚上最后发生的事情。

于是，第二天早上，我在一个整洁的酒店房间里醒来。阳光透过精致透明的窗帘照亮整个屋子，并伴随着松树和其他常绿植物的清香。一个美丽的女孩出现在我身边，我丝毫不知道她是谁。

"早上好！"她操着一口美国口音问候道，伴随着一个大大的微笑。"昨晚上你很有趣，也非常机智！"

我不知道该如何回应，只说了一句，"我的头非常疼，你有什么药吗？"她的微笑更大了，伸出左臂，向露台边的一张小桌子轻轻挥了挥手，一些奶油蛋卷和一玻璃瓶的咖啡等在那里。

她起身，透过她透明的睡衣，我可以更好地看到她的美。我觉得需要做点什么，自问到底做了什么，但是我回想不起任何事情。我很希望把她叫回床边，跟她做爱，但头疼以及没有任何保护措施的现实，加上我不知道她到底是谁，甚至连她的名字也不知道，这一切让我犹豫不决。在我脑海深处，我听到我们光荣的国歌，我看到

bersaglieri[82]跨越路障，保卫我们亲爱的意大利，但我就是无法再现 il Risorgimento[83]的那种国家英雄主义。慢慢地，我挠着头发，穿上短裤，走到了小桌旁，她已经给我倒好了咖啡。

为了避免过分无力，但仍然为了满足我不断增强的好奇心，我问道，"昨天晚上发生了什么？"

她咯咯笑着，回答说，"你太醉了，又很累，没有地方睡觉。我朋友奥菲利亚（Ophelia），你可能不记得她了，跟亚历山大睡觉，所以我就把你带过来，让你睡在这里。你睡得像个孩子，但是打呼噜时候就像一头受伤的狮子一样。"

"我们还做了什么别的吗？"我有些胆怯，几乎道歉地问。不管哪种情况，无论我们做了，还是没做，我猜这种窘境下都需要问到这个问题。

她笑了，说道，"为什么我们不先喝点咖啡？我们真的要这样聊天去了解彼此吗，我亲爱的周塞佩？"

我不知道为什么，但是听到一个美国人这样甜蜜地拼错我的名字，一股暖流涌上心田，我第一次像看一个人一样看她，并承认，"你知道，我不记得你的名字"，这其实是种轻描淡写，因为我甚至不记得见过她。

这种突然的温暖感也带来一种令人不舒服的安逸和放松，与我的强迫症性格并不一致。

在她说话的时候，我的脑海中开始蔓延出对"雪莉"（Shirley）的非常不舒服的怀疑。我从来没有跟妓女在一起过，但我知道她们很善于让一个男人感到舒服的同时，也格外照顾他的钱包。我看了看她床那边的我的裤子，发现裤兜后的口袋看上去很平。

我想都没想就喊道，"我钱包在哪儿？"她吓了一跳，四周看着，指向我床这边的边桌，事实上，我的钱包正安详地躺在那里。

"不好意思，我以为我落在夜店里了。"我很快恢复理智，希望没有冒犯到她。但是，另外一个念头又涌上心头。为什么钱包在外面，谁拿了它，她从裤兜里把钱包拿出来是为什么，取我的现金吗？我一边啜饮着咖啡，一边想到了一个巧妙的方式诱骗她的兴趣。我提到一张"当我小时候"就一直放在钱包里的照片。事实上照片是我十六岁的样子，"当我小时候"这句话仿佛暗示现在的我已经到了老寿星玛土撒

---

82 神枪手部队，意大利军队的精锐军团

83 19 世纪中期促成意大利统一的政治和革命运

拉（Mathusalem）的 230 岁的阶段。出于礼貌，她很有兴趣地看着一张我和朋友抱着足球在海滩的照片，于是我有机会打开钱包，发现钱都在里面，完好无损。

放下自己可恶的怀疑后，我再一次以同情的目光看着雪莉，想着为什么这个女人会在晚上把我带到她床上。她看着照片的时候，说，"你是个很可爱的男孩，现在已经成了非常英俊的男人。"不知为什么，"男人"这个词震撼到了我。我从来没想过自己是一个"男人"，这意味着一个人结束了他生命的一部分，进入另一个阶段。

当我进一步仔细端详她时，我开始意识到面前坐着的是一个三十岁到四十岁之间的女人，她各方面都很美丽，同时也呈现一些细微的衰老症状，比如眼睛周围和前额的一些细纹。想到跟一个至少大我十岁的人睡了觉，我感到害怕，握着她的手，我问道，"雪莉，接下来要做什么？"

"我们要跟亚历山大和奥菲利亚在船坞碰面，到我们的船上吃午饭，然后我们去远航。"

事实表明雪莉是一个已婚的女人，她正跟朋友奥菲利亚在后者的私家船上度假，这是一艘 80 英寸长的游艇，锚定在蒙特卡洛的岸边，船上有三位船员。她的朋友奥菲利亚是一位安格鲁撒克逊的白种王妃。她不丑，客观来说，她本可以用美丽来形容，可是她身体和表情有些僵硬，让她看上去更像是提线木偶。她大大的蓝眼睛一直在盯着，前额不会起皱，眉毛也不会动，好像它们是画在眼睛上面似的。她嘴巴很小，当她试着笑的时候，嘴巴很对称机械式地打开，就像是舞台前面的幕帘一样，在展示了两排又白又亮的牙齿之后又以同样的礼节关闭。她是个体面的女孩，她使用合适的语言，从不骂人。在她眼里，没有人是坏人，甚至事实上是坏人的那些人也不是。她会问，"可怜的亲爱的，他为什么要做这样的事情呢？"她说她祖母教育她必须学着不去撒谎地保持礼貌。例如，如果一个母亲炫耀她丑陋的孩子时，你可以说，"哇，这就是我说的孩子！"

一开始我不明白亚历山大如何忍受这样的伪善和狭隘，但是他对待她尤其特别和宽容，比之前任何的女人都要有过之而无不及。这并不是说亚历山大对女人粗鲁，但他大多数都会保持距离、心不在焉，仿佛她们是他的宠物，需要时不时的注意即可，仿佛她们就像狗一样在桌子旁边耐心地等待残羹冷食。

跟奥菲利亚在一起，他几乎是谄媚顺从的。他为她收回椅子，让她坐下；为她拿夹克，帮她穿上；为她送上食物和饮料，就最无关紧要的事情征求她的意见，并在跟她说话或是听她说话时都不停地微笑。他甚至看上去像是为她感到骄傲，当他们在我们前面走时，他会握住她的手，或是扶住她的肩膀帮她登上几级台阶。奥菲利亚是他的女恩主。

午餐的时候，女人们问我们是怎样认识彼此的。我们不知道怎么开始。我们相互看了一下对方，试着协调我们的故事，省去了大部分，原因并不是因为我们需要在这两位成熟的女人面前隐藏什么，而是因为关于我们过去的沾花惹草和浪费时光的描述，无论我们来讲，还是她们来听，都显得无聊无趣。对我们两人来说，我们青春的所有内容都可以用一张薄信封包裹，以空虚为印封存。

午餐之后，我们开始航行。我们沿着法国里埃维拉的上下游开始毫无目的的行程，白天航海，下午晚些的时候在一些隐蔽的壁龛处抛锚停泊，在清凉的海水里游泳，然后再来上一些更清凉的饮料。尽管我那时已经在美国生活和学习，但我并没有体验到那里鸡尾酒的丰富。借这个机会，我开始熟悉金酒和汤力水，玛格丽特或是莫吉托、马提尼、内格罗尼酒等的礼仪，这些在很久之前就出口到那里了，而我在意大利的知识却不足以了解那么多。于是，餐前酒成了可以期待的欢乐时光，也是为船上非常无聊的白天生活赋予意义的绝好风俗。我享受着那种随日落而来的感觉，期待着欢愉、不去考虑那些有时让人烦心的事情，在烦恼到来之前，所有的一切都可以通过在朋友陪伴下麻醉自己的头脑来忘却。他们确实是朋友！两个女人像梦一样美好，善于交际。我没有必要担心雪莉会出现专横或是过于侵犯的状态。在她原本单纯的个性中没有任何粗俗。

在船上的第一顿晚餐结束之后，奥菲利亚和亚历山大回到他们的船舱，优雅地向雪莉和我道晚安。亚历山大私下里给了我一个有些粗鲁的微笑，彷佛在告诫我说不要让他为我找的同伴失望，不要让我们意大利祖先的名声受损。

我们被留下来跟船员在一起，由于不知道要做什么，雪莉建议我们跳一支舞。这是一个温柔的夜晚，北风轻轻地让船平静下来。我这时才注意到整个晚餐期间一直在放送音乐。我不记得歌曲是什么，但舞蹈是惬意的慢拍。我扶住她的腰，她的头靠在我的左肩上。

几分钟以后，我觉得有责任缓缓地从她的太阳穴游移我的嘴唇，与她的唇会合。我踌躇又谦让的吻被回报以充满激情的长吻和最紧的拥抱。我得出的结论是我已经锁定了目标，或者更准确地说，目标攻击了我。不管怎样，很快我们就在甲板上一处隐秘部分的沙发上躺下来，我抱住她，一言不发。她的拥抱越来越紧，身体扭动融化在我的身体里面，这只蠕动的小虫子和她的动作从侧面钻进了我的身体而不是唤醒我。

我试图用谈话分散她的注意力，星星如此美丽，汹涌的海浪拍打船体的声音，远离一切的幸福等等。但最终，我臣服于她的温柔。她的柔软和美丽征服了我，很快我们去到了她的船舱，之后那里成了我们的船舱。

在夜的寂静里，在船的摇摆节奏里，我们温柔地为彼此褪去衣服，相互给予、充满爱意地做了爱。那天晚上我们一旦从难耐欲火的阶段中恢复过来，就又重复做了好几次，像是如狼似虎的度蜜月的夫妇。

看上去她患有失眠症，为了勾引我享受不眠之夜的美，她用全力让我保持清醒，或是把我从原本可以熟睡的状态中轻柔唤醒。

到了早上，我比前一天上床之前还要累，于是我提出要多睡会儿，或许剩下的一天都在床上，对我来说很明显的目的就在于睡觉。但是，雪莉误解了我的意图，温暖地抓住了这个提议，到了那天结束，我们大概又做了七次爱。我不记得之后发生了什么，但是那天晚上我在第二杯金酒和汤力水之后靠在桌子上睡着了，后来我听说亚历山大在其他一些船员的帮助下，不得不把我送回我们的船舱，第二天早上我醒来的时候，温柔的雪莉在旁边微笑着看我。

这种状态又持续了几天，偶尔我们也试图打破无聊，强迫自己在前一夜抛锚停泊的并不熟悉的内陆，做些游客该做的事情。最终，某天早上，我感到一种无法遏制的冲动想要跳下船，游到岸边，无法再想象自己要在那艘漂流的恶魔岛上再呆上一到两周。但是，当我反思让自己想要做出这种冒险举动的原因，意识到并不是无聊或是疲惫自身，而是一种对雪莉不安的温暖——一种我并没准备好承认的感觉。我们在欲火难耐的性行为中间也会聊天，那时我已经对她的故事有更多的了解。

雪莉在非常年轻的时候就嫁给了一个军人。事实表明他是一个具有暴力倾向的醉汉。他从来不跟她做爱，无论她是否愿意只会强奸她。在一天糟糕的工作之后，他会打她。他会要求家务完美，尽管对此没有客观标准，只是当时看他觉得什么才是最适合而已。他会奇怪为什么饭菜会储藏在这里，而不是那里，谁把垃圾桶错放在马路的一边，谁忘了把客房的热水器打开，以及其他一些随机的不满。面对这一切，他会松开领带和脖领，喝上几杯鸡尾酒，然后伴随以再次殴打他妻子的大餐结束。

一天，出于绝望，她到她表姐家寻求帮助。表姐不在，但是她的丈夫充满同情地听了她的故事，决定最好是他自己强暴她，好让她忘记她丈夫的虐待。在那之后，她再也没向任何人寻求过帮助，如果不是在蒙特卡洛之行的六个月前，他丈夫体贴地驾车而亡的话，她仍然会在美国的大平原那里。之后，她收拾行囊远离一切，回到她长大的地方，跟老朋友重新建立联系，也就是那时，她与高中时代的老友奥菲利亚团聚。后者做出了更好的选择，嫁了一个富翁，因此财务上很不错。

相反的是，奥菲利亚丧失了对婚姻中浪漫层面的兴趣，因为她丈夫是个冷漠的人，太忙了以至于无法给予妻子比他那珍贵的宝马车更多的注意力。他不是个坏人，但他住在自己的世界里。于是，当奥菲利亚像之前跟其他朋友多次做的那样，提议跟雪莉一起去欧洲旅行时，丈夫放松地叹着气，考虑到这会给他带来个人自由时，肯定了这个想法。

几天之后，奥菲利亚和雪莉打包，来到了奥菲利亚在蒙特卡洛的别墅。雪莉的生活中从未体验过爱和性的元素。她所感受到的只有两个男人对她的单向行为，没有任何机会去参与，或认识到身体的交合会与灵魂的互动相关。

但是她喜爱去爱，她更享受给予而不是接受，不知出于何种原因，第一天晚上我温柔的性情和尊重地吻她的动作释放了她经年压抑着的激情，很快她就爱上了我。但是，雪莉不是我喜欢的类型。她是来自中西部的没什么见识的美国女人。我们没有什么共同点，但是我开始跟她慢慢接近。我无法抗拒她的包容，想着像她丈夫那样幸运的男人为什么不能学着欣赏这样温柔的伴侣。

在船上，时间似乎永远不会过去。早餐之后，两个女人涂了防晒霜，一身香气。然后，出于细心周全的考虑，她们以最适合晒太阳的方向，调整了自己的身体，就像是察觉到了方位移动自动进行协调的指南针。两朵太阳花直觉地知道太阳接下来经由的道路，这种精确，只有最精致的三角方程才能预测。她们安然地躺在那里，像是坐在钉子床上的苦行僧，或是躺在燃烧的煤上，以极大力气忍受不可估量的折磨，以获取这天结束后她们的皮肤能稍微晒黑一些的回报。我从软椅上看到两具木乃伊，同时啜饮着柠檬水，直到我注意到被施了魔法的眼镜蛇围绕着她们跳舞，好几双臂膀从她们的身体中伸了出来，这表明我马上就要睡过去了。这种情况让我想起一位老教师对我的挥之不去的警告，在消化了好几杯巴罗洛葡萄酒之后，他说道，"女人的陪伴，除了性之外，会是极其无聊的。"

但是，随着时间在摇摇晃晃的船的节奏中度过，我开始感到不安。我在地中海中央拥抱着一个老女人在做什么？我本该为我的下一次考试复习来着。此外，尽管到现在我的读者很清楚我不是传统意义上的道德灯塔，但在一周没有目标尽是浪费的日子里，我感觉时间被荒废，就像是匹诺曹在玩具王国一样，我觉得一条尾巴和两只毛茸茸的耳朵正从我身体里长出来。

我想要跟亚历山大分享我的苦闷，让他知道我不想再延期逗留。尽管我的努力是为了通过获取医学学位来达到减轻人类苦痛的崇高目标，而这可以被视为跟在岸上度过的那些黑夜同样是无聊、不重要和无意义的大计划，但在我所认知的生命价值观中，这种传统方式更容易被合理化。于是，我想要回到遵循社会准则的轻松道路上，而亚历山大固执地在他自我破坏的使命中继续前进。

要接近亚历山大并不容易。他跟我不同，看上去对于岸上单调的日子很满足。他忠诚地跟奥菲利亚躺坐在一起，望着一边的海浪，以及被航行的船只平静地落在后面的夜晚。偶尔他会起来为奥菲利亚寻找一些冰茶或是柠檬薄荷水，表现出像雪莉对我一样的关怀。或者他会站起来，胳膊靠着桅杆，向前看向天际，那些对我来说没有过去的时间，看上去与他无关。

我们大多数时间都花在航行上，只有夜里会交谈。在某个港口或是遥远的小海湾抛锚停泊之后，我们会在一个平稳的平台上休息，有更好的机会看着彼此的眼睛。但是交谈远非是旧日的深度。女人在身旁以及船员不时的介入限制了我们，我们的交谈仅限于闲聊和无关紧要的玩笑。我经常感到冲动想要问他关于我们的过去，他还记得什么，他怎么看他的未来，或许还有我们作为朋友的未来。但是我判断在奥菲利亚面前，他没办法做到真实开放。看上去亚历山大也开始嫉妒我对雪莉的热爱。出于一些不合常理的原因，当我开始像他给予奥菲利亚一样给予雪莉注意力的时候，他变得很恼怒，好像我在试图取代他作为一个忠诚情人的新角色。甚至他在照顾奥菲利亚的时候有一种竞争的意味。于我，我对雪莉越来越喜爱，她一向那么温暖、愉悦和生机勃勃。

最终还是亚历山大在一周的死寂之后打破了僵局。一天早上，他抓住我衬衫的衣领，把我拉向他说，"你觉得怎么样？今晚，我们离开船上的女人，就我们两个出去喝个酒吃个饭如何？"

我很高兴听到这个建议，为了表示我的感激，我给了他肚子一拳，结果比预想的更狠，打到他的下体，尤其是男人最忧惧的需要保护的部分。这一不幸的意外使得亚历山大不得不松开我的衣领，蜷曲成胎儿状，护住他宝贵的下体。深感抱歉的我赶快为他找些喝的东西。不幸的是，我经过的时候，亚历山大抬脚绊住我的路拦截我，我头朝下，以一种出乎意料的方式跟甲板完美的柚木层做了一次亲密接触。

当我站起来，再次瞪着眼睛转向亚历山大时，一个船员猛扑向我，从背后抱住我来拯救亚历山大，同时向困惑的女人们展示自己的肌肉。被这位乐善好施的人没必要地抱住，我冲着亚历山大喊，"Patto fatto[84]"。

接下来，晚上在帕尔马·马洛卡岛抛锚停泊后，我们快乐得像蟋蟀一样蹦蹦跳跳下了船，像解放了的瞪羚一般跑进岛上坚实的地面，很快消失在熙熙攘攘的无名人群之中，就像是逃学的孩子一样开心，一个小时之后就发现我们到了沿着海岸的一家非常不错的小酒馆，不是很远但又足够有距离来享受我们重新获得的自由。

我们惊奇地回到了旧时光。冰桶里的一瓶红酒冲我们微笑，盘子上有简单美味的开胃菜，过去两个周的愚蠢言行很快被忘却，关于存在主义边缘的旧时对话自然地接续起来。

亚历山大开始说道，"生活就像是大风天云彩的形状一样短暂易逝。人们一直担心未来。他们浪费现在为未来做准备，没有意识到根本就没有未来这回事。我们生活在不断变化的现在。我们走的每一步都在我们的脚触地的那一瞬间，将未来转化成过去，只有过去才累积了不可避免燃烧我们称为未来的潜在'能量'的行动。

---

[84] 结了

　　"生物的存在是一个除了死亡没有任何产品的过程。未来什么时候能最终实现？十年，二十年以后？然后是什么？地球的生物那时会幸福吗，还是他们会继续向那个无法企及的始终在他们前面一步的天际努力进取？

　　"未来对于那些希望拖延现在的人来说是一种干扰，因为他们对自己的存在很不舒服。他们努力工作让自己变得富裕，或是实现其他目标，可以是一部更好的车，一栋更好的房子，一个家庭，更好的工作或是特别认可，这一过程会暂时转移他们内心的痛苦。但事实上是，他们不知道如何对自己已有的东西感到幸福，因此，他们拖延跟自己现实对抗的时间，暂时把不快乐搁置，创造一些伪目标，让自己忙碌实现物质上的里程碑，热衷于一种他们的缺席是实现自我的唯一障碍的幻觉。他们会持续这样的追求，直到只有回忆留在桌子上，和一丁点儿未来，刚刚好剩下的时间去后悔失去的机会，明白所谓一个人生命的空虚。

　　"当然，也有相反的方式。作为一个极端相反的例子，我要告诉你我的一个姨妈的故事。她住在那不勒斯。她既是王妃，又是考古学家。尽管她意识到前者的身份，她对自己的第二个身份更舒服。这是因为考古学家的工作就是恢复过去，这对她来说再自然不过。事实上，对她而言，这不是恢复的问题，而只是揭示曾经发生的，并以时间封存腌制的东西，就像是一瓶上好的巴罗洛葡萄酒。过去于她是唯一经得起时间考验的现实，而其他一切都是暂时的，稍纵即逝的，就像雷声一样被人遗忘。过去同样给她带来额外的吸引力，因为过去包裹在历史里，含蓄地表明后者将会重塑正义。这并非要惩罚不公或是奖赏高德的那种正义，而是维护事实的正义。在永恒之所，英雄将变成传奇，流氓将会钉在羞耻柱上。事实上，这门力图恢复祖先生活的科学，对她来说是绝好的搭配，因为这与她对自己生活的态度一致。她为过去独活，仿佛现在甚至未来都不存在。这非常适合她。当她还是小女孩的时候，父亲就去世了，她跟母亲在一起住。后者也活在记忆里，部分来自亲戚的，部分来自意大利还是君主时代，当她是令人尊敬又令人羡慕的女士的时期。但是，以某种同样奇怪的方式，这位姨妈是我所知道的最幸福的人之一，因为她的喜悦是建立在已经写在石头上和必然不会改变的特殊待遇之上。即使当她去世的时刻，她仍然在讲述关于古希腊和古罗马的故事。她或许已经在梦想着或许有一天，有人会发现她的骨头，会在上面贴一个标签，声明：这些骨头来自一位王妃，她为梦想着过去而活，直到她也完全成为过去的一部分。"

认出我的老亚历山大，我意识到这些引言真正意味着什么。这意味着他的心情不错，而且就像我们年轻时做的那样，会倾向于自由地聊天。

没有直接回答他的前言，我问道，"你跟奥菲利亚是怎么回事呢？看起来你跟她比我记忆中你跟任何其他女人都亲密。"作为有些渲染的挑衅，我补充道，"你很操心她，当你在她左右时就像是一条小狗摇着尾巴在地毯上撒尿一般。你爱她吗？"

我们在塑料扶手椅中舒服地坐着。亚历山大在桌子底下伸开腿，两手交叉手指，下巴抵在上面像是在摇篮里一般，他的蓝眼睛在微光里变得愈加深邃，质询着我的脸，可能在思考为什么我会问这样一个愚蠢的问题。

然后，他沿着下颚骨滑动大拇指，似乎想要进一步支持自己的想法，他皱起前额，向上望着一直陪我们用晚餐的摇曳的光，盯着看了一会儿，他冲着颤抖的灯泡笑着说：

"我当然不爱！我何曾有能力爱任何人？或许我应该问，有人爱过我吗？我的意思是，真正地爱过真正的亚历山大 ……？但我跟她在一起确实感到很舒服。她让我感觉更好。我不知道她在我身上看到了什么，但是我觉得她不怎么关心我的样子。她对待我好像我是她的十几岁的儿子。她有耐心，但没有任何期待。她喜欢我不是因为我的英俊，而是不管我的个性有多坏，她仍然喜欢我。似乎她能够在我身上看到我都无法解密的自己。我可以告诉她一切，她会聆听。她不做任何评判，但她试着理解。当然，我不认为她全都理解，但这不重要。最重要的是，她努力去做。本能地，我从内心深处认为她比我自己都了解我。

停顿了一会，他继续半是重复，半是自相矛盾地说着："她永远都不会理解我，因为她不能，我没有跟她分享太多我的过去。我对分享无聊的老故事不感兴趣。我过去的那个部分有一天将跟我一起埋葬。但是，她意识到有什么事情困扰着我。我不知道，但她能感觉到。她知道英俊的亚历山大不过是一个迷失的灵魂，一个可怜又可笑的孤独的家伙。她对此一言不发。同时，她对我很忠诚，耐心甜美，当我需要她的时候，她会在，当我希望自己一个人的时候，她会消失。我曾经很恨这样的女人。我总是被这样的人物环绕着，那些忠诚的贱货愿意做任何事情来取悦于我，包括自杀！"

他又纠正了自己，"但是那些女人很不同，最后，她们会成天像蹲守在门口的狗一样等候我。她们用悲伤淫乱的眼神盯着我，希望能够唤醒我冷漠的良心。我憎恨那种被拥有的感觉。我觉得自己仿佛是她们试图逮到然后埋在地底下的骨头，目的就是护卫着不让其他贱货发现。"

他继续，"我现在像以前一样自私，但是多少有点变化。我更少操心未来。我更少关心控制未来将要发生什么，甚至比之前更少。我只是希望每天都能更快地过去，如有可能，比之前的一天过得更快。我没有任何地方可去，我没有任何期待，除了回家找到她，喝一点吃一点，给她我学到过的唯一的事情，也就是我的身体，然后睡觉直到毫无意义的另一天让我的眼睛睁开。"

"你觉得她跟以前的其他女人相比，是在以一种特别的方式爱着你吗？"我问道，但没有听到任何回答。也许他认为他已经回答了那个问题。

相反，亚历山大回到最初的一系列想法，望向我，很美地笑着，

"你很幸运，你有信仰。你努力工作实现目标。有一天，你会成为一个伟大的医生，一位教授！像其他人一样，这只是一种干扰，让你能够紧紧挂在生活的缰绳上，但这对你来说是适用的。你会有比我更加顺畅的生活。你会跟自己和解，因为你遵守其他人对你的期待。你会成为生活游戏的玩家，不会害怕让父母、朋友、亲戚、未来的妻子、可能会拥有的情妇或让你的孩子不高兴。你不过是他们的木偶，这让你感到舒适。我知道这些，是因为我知道你，也知道我自己。有时，我禁不住想要走同样容易的道路，参加执照考试，开律所，找到妻子，让我父亲高兴——因为我母亲去年去世了，我也想过有孩子，孙子，成为族长，不断在无意义的生命周期中繁殖，但是我不能这样做，我无法看到自己成为那样。有一天我会在镜子中看我自己，看到一个令人可笑的男人，人到中年的厚颜无耻的肥胖小丑。我不能那么做。一个在养老院工作的护士有一次记录了将死之人最后悔的事情。大多数都会哀悼自己没有过一种忠实于自己的人生，而是别人期待他们过的人生。

"*Muor giovane chi agli dei e' caro*[85]，有句话是这么说的！是的，我希望我能年轻的时候就死去，在一切太迟之前不被生活污染。如果我有勇气的话，我应该早就自杀了，但是我不能！自杀不是自然的事情。无所事事，也就是我当下在做的，是我能操作的自我破坏的现实方式，所以我在船上驻留，看着时间像在船体下的海浪，或是天上的云彩一样过去，我平静地等待结束，想要慢慢地安静地杀死自己，就像是饿死自己的果戈理一样。"

"很抱歉听到你母亲的消息。她怎么了？"我打断他。

"一年之前，她死于癌症……卵巢癌。我去了葬礼。她仍然是以前那个美丽的小妇人。就在她去世的前夜，她紧紧握住我，就像是一个小孩握住玩偶。她跟我耳语说她爱我，她会想念我。你是如此年轻英俊的一个男人！'你永远都特别，如此强壮、聪明！为了我，答应我你要让你父亲骄傲，不要让他失望。他对你一直是很好的、很关爱你的父亲，比我作为母亲和妻子来说要好得多。'我不确定她这话是什么意思，但是我把她拥入臂膀中，直到她进入典型的不安睡眠。我抚摸着她的头发，亲吻着她的头。当然我爱她，但不是对母亲的爱，更像是对女儿的爱。我想着我当然会想念她，但我不害怕一个人生活。我意识到对我这样一个成长中的男人来说，她对我有多无关紧要。我为自己感到遗憾，因为我没有真正地拥有过一个母亲，我所拥有的更像是一个幼稚的妹妹。即使那时，我都不觉得跟她有什么联系，除了像安慰一条生病的小狗一样安抚她，帮着她从梦魇中解放出来，就像我小时候做的那样。葬礼以后，我父亲在他的小房间里呆了一段时间，从扶手椅到窗户，然后再回来。我从来没有看到过他哭，他坐在那里，无奈又冷漠。当我过去说再见的时候，他拥抱了我，摩挲着我的头发，抱住我的脖子，亲吻了我的头。'祝你好运，艾利克斯，'他说。这是我最后一次见到父亲。

"我患上了一种现代术语被称为临床忧郁症的病，一些朋友劝我说我需要医学协助。最后，我确实去见了一位心理医生。他告诉我说，我有边缘型人格障碍，比忧郁症更严重，我一直都有这种病症，就像是寄生虫感染一样。很大程度上，心理医生很精准地描述了自我记事以来困扰我的事情，那就是现实和我自身的脱节。我有妄想狂的特征，他说，这使我相信在我周围的人都不是真正存在的，而只是围

---

[85] 带着上帝的爱，趁年轻就死去吧

绕我做游戏的影像而已。你知道我很清楚这不是真的，但同时我必须要持续提醒自己这一点。当我受到情感冲击的时候，事情会变得更加糟糕。当然，他推荐了药物，好像这能解决问题似的！当他们发现解决巴以冲突或是恢复灭绝物种的方法的那一天，我就会吃那个药！但很滑稽的是，心理医生如何让一个人相信跟自己的情感强度周旋一会儿，他们就能解决根植在我们灵魂深处的一生的问题。

"人是塑造其道德观的一系列事件的产物。以我为例，残忍和悲剧几乎是家常便饭。尽管我从来不是个坏人，但我目睹过很多坏的事件。我看到事物被无端摧毁。我能看到自私成为悲剧的源头。我看到知更鸟只是为了娱乐而被杀死。这些天我想了很多关于生活究竟给了我们什么，我们如何找到最优化的选择。这不是宗教思考，但这是基本准则，它的形成是基于对生活的尊重。此外，我们真正在这里，并已经呆上一段时间，要在世界上做一些事情。但这也是一项严苛的任务。只是决定一切都还不错，沿着同样的道路生活下去似乎更简单。默认设置，我认为是个准确的词。在老皮佐镇，太少，但同时太多时间从我们的青春中逝去。我记得野心；我记得当人们不相信我时，我想要向他们展示他们是错的，而当他们最终相信我时，我却又不相信，我想要证明自己是错的。那个野心勃勃的亚历山大怎么了？这个人怎么能让他的父亲骄傲呢？

"有时我觉得自己太专注在日复一日的生存上，我无法注意到其他事情。就像是在一根绳子上走，你不能分神影响到步伐和节奏，以避免掉入无尽的灵魂深处……这一职业让你如此自我沉溺，你忘记了将生活作为一个整体来看待。

"这是我为什么这么开心你能来。最近，我又有了一些这样的瞬间，我希望我不存在，所以我感觉我需要你。发现你就在周围简直是一种奇迹。我觉得我一直在抓住你不放，因为你是为数不多的能让我对周围世界感到舒服的人，而且你能同情我，不觉得我是个负担。我们如此相似！那些是美好的时光！还记得你崴了脚但你一点不在乎，因为我们得了冠军的那天吗？我好奇那些奖章怎么样了。但是他们给了我们甜蜜的回忆！

我忽然一阵冲动打断他的自言自语。

"你必须要意识到讲述你的痛苦和导致这些痛苦的原因并不会让你从绳子上掉下来，相反你甚至可能会找到解药。你内心的一些东西受了伤，日复一日，你必须主动修整这一切。你只需要接受关心自己，我确信你不会'掉入无尽的灵魂深处'。

我继续讲道，"你保留关于自己生活的日记吗？也许，写出这些让你头脑窒息的情绪，试着梳理它们，也许你会找到救赎之路。"

"我没有关于自己生活的真实故事，"他回复说。"一切都是不合逻辑地从一步到另一步，从这一天到那一天，没有质疑，也没有任性的决定。一切是无形事件的顺流而下，由冷漠构成的流质。但你是对的。我确实觉得需要留下相关记录，也许可以警告别人不要像我一样。我无法想象谁会读这个，但除了一些摄影图像，还有我本人的一些记录也许的确能拯救我，相信这一点会使我感觉很好。"

我希望当时听到这些可贵的袒露时，自己能更聪明、更敏感一些，我希望我能更投入地去聆听亚历山大。但是，如同我生活中多次发生过的那样，我失去了那个机会，反而试图缓和气氛，忽略他的痛苦。

"很抱歉听到你母亲的事。她是如此甜美优雅的女士。也许奥菲利亚可以担起她的角色！她晚上抱你，让你觉得安全吗？"

话刚出口，我就意识到自己的评论有多冷漠和居高临下，但是亚历山大耐心地笑了，也明白该到了假装高兴的时候了，他转向冰镇的酒瓶，给我杯子里倒了更多红酒。

他将他的杯子举过我的头顶，并开玩笑说出这些带有预见性的话语，"让我们喝起来！这酒是我的血，"然后又拿了一片法棍，"吃这个。这面包是我的身体。阿门！让我们一起享受最后的晚餐！"

这番亵渎神灵的结尾之后，我们都笑了。又满满倒了另一杯酒之后，我们专注在晚餐，以及一些轻松的话题上，这时我们被一位来到我们桌子旁边的讲英语的女人打断。她从酒吧过来，并且已经在那里盯着亚历山大看了有一会儿了。

手里举着一瓶几乎全满的香槟酒，她礼貌地问，"我能加入吗，绅士们？"

还没等待回答，她就舒舒服服地在我们桌子边的一把椅子上坐了下来，把香槟酒倒进自己的杯子里，并检查我们的杯子是否是空的，好给我们添些。她已经半醉，另外一半也不见得清醒多少。她很好看但却是那种好斗、自信的型儿，通常对于男人来说没什么吸引力，对我来说一点作用都没有。但是亚历山大很耐心地接纳了她，鼓励地笑着，问一些通常在陌生人之间交换的问题。受到这一开场的鼓励，她转向另外一个二十出头的漂亮女人，邀请她到桌旁凑对，所以我面前突然有了一个约会对象：年轻、开心、微笑着，很快转移了我的沮丧，我跟亚历山大的特别晚宴已经蒸发，被一项职责所代替：拉丁情人的诅咒！

让我惊讶的是，亚历山大向两位女士介绍我是"他的情人"，也许是为了有礼貌地摆脱她们，或只是看看她们会对这种声明有什么反应。但是新式的阿尔法女人不买账，觉得是个滑稽的笑话而已，她回应指出坐在我旁边的女人是她的伴侣，但她们今天晚上要从专属的同性恋关系中放松一下。我不确定如果我们当时是清醒的话，是否会找到礼貌地摆脱这两位女士的方法。并不是因为她们没有魅力，事实恰恰相反，但我们本来只是计划从一对很滋养但有入侵性的灵魂那里逃离一晚，这极有可能是我离开前我们在一起的最后一晚。

但那时，我们已经开始喝第二瓶酒，另有更多的香槟酒通过我们贪得无厌的嘴，倒入了我们的脑子里：对抗异性的路障逐渐崩溃。

很明显，醉酒会让一个人的决心受限，尤其是这一决心一开始就摇摇晃晃的时候。于是，到了晚饭结束，我们已经对来自南非的两位美人很熟悉了，很明确地知道她们有意来点儿浪漫。

让餐馆主人长舒一口气的是，我们抱着两位醉醺醺的女人走了。根据在马略卡岛（Mallorca）工作建立的长期原则，就像是我们年轻时在皮佐遥远海岸那样，也许，在这个地球的任何远岸或是近岸，或是对那件事来说，宇宙的任何星球，性繁殖都作为一种工具来繁衍物种，我们沿着海滩走了一会儿。

走了几步之后，我发现自己独自跟年轻的女人在一起，而亚历山大已经跟他的阿尔法女人消失在一只船后。尽管我很醉，我依照程序有条不紊地开始做这件事情。先是浪漫真诚的一个吻，然后用手沿着她的侧面抚摸，直到敞开的衬衫，手指在她优雅的胸罩之下，在双胸之间游移。一切顺利地继续进行，我的那一位发出鼓励的呻吟，直到一个技术问题涌到我这个年轻医学生的脑子：如何在没有保护的情况下跟一位完美的陌生人完成整个过程？于是，出于极其尊重的态度，我问她是否刚好在钱包里放了避孕套。了解到她没带，我既失望又轻松，我对不必完成整个动作而感到自由，于是我们继续爱抚对方，直到原本可以达到的满足。对她来说，包括令人困惑的多次高潮。

当亚历山大最终出现，手里牵着她的女人，她看上去要比受命运委托给我的另外一位要开心得多。后来，我们走回游艇的时候，我很随意地问亚历山大他是否跟她做了爱，他只是很轻松地回答"是的。"然后我又很随意地问，"你用避孕套了吗？"他用有些恼怒的声音，简单地回答说"没有。"

当我们半夜回来时，我们的两个女人在甲板上等待。冰桶里有一瓶红酒和两只空杯子。她们很欢乐，像母亲责怪上学的男孩逃学了一样对待我们。她们问我们是否享受自己的自由，以及我们是否开心回来。我们两个设法嘟囔了几句，亚历山大走向斜靠在沙发上的奥菲利亚，吻了她的唇，然后在她身边躺下，伸开右臂，让她在这个天然的港湾中安顿下来。他们很平静地放松了几分钟，然后亚历山大跟我们道歉，声明他累了，他们要去休息。

被一个人留在甲板上，我转向雪莉，不确定要说什么，于是给了她一个无意义的微笑。她温柔地跟搭讪，抚摸着我的手，问道，"我知道我没有权利问你这个，但出于自我保护我需要知道：今晚你跟什么人做爱了吗？"我不确定发生了什么，但这个令人惊讶的问题激发了我的反叛之心：不可遏制地希望身在别处，不需要为任何人负责。不想控制我自己，我直直地看向她的眼睛，说了谎。

"是的，我做了。"

当我充满好奇地等待她的反应时，她安详地告诉我，"我理解。谢谢告诉我实话，但现在我不能跟你再做爱了。"在我的前额上吻了吻，她起身，回到自己的船舱。

那是一个完美的夜晚，是那种我喜爱的夜晚，足量的微风可以驱散炎热，放松神经，半个月亮偶尔从具有创意的云朵中窥视，明亮的星星散布在余下的自由天空。我感觉到风的自由，感觉到流动的云进入我的灵魂，把我从过去两个星期被囚禁的监狱里解放出来。我感觉到一个男人的喜悦，没有责任，没有义务：我享受成为的那种男人。我想象着温柔的雪莉马上会成为美好的回想，轻轻地储藏在记忆的一角。当然，我会尊重雪莉的希望自己一个人呆着的想法，会像绅士一样行事。我会很宽容，也仍然会跟她很近。未来我甚至会感激我们在一起度过的好时光，感激她愿意在无聊航行的日子里听我讲无趣的故事。当然，我可以是她大度的朋友，在回蒙特卡洛的路上度过几天，在甲板上休息，读书学习，安静地享受我自己的陪伴。

但是，在我品味着重新获取自由的愉悦时，我觉得一只手放到我右肩上，另一只手抚摸着我的头发。然后，我察觉到后颈上来自女人胸部的柔软以及熟悉的香水味道。

"我只是不能再跟你做爱了，但不代表我们不能睡在一起。"

几分钟之后，我和雪莉到了我们的船舱，然后几分钟之后，我们像兔子一样做爱。更加令人恼怒的是，激情之下，我坦白了我撒了谎，事实上，我没有跟任何人做爱，于是在不久之前煞有其事组织的自由道路上幼稚地熄了火。

第二天，天空清澈，空气不动，因此大海也完全是平的。只有船底下间或的锤击声提醒我们，我们还在岸上。这静谧掌管了一切，包括我们的意识。我们在休息，每个人都沉浸在自己的思绪里，一言不发。一只鸽子不知从哪儿出现，仔细地捡拾着留在早餐桌上的羊角面包屑，不时四周观看，骄傲地挺起充了气般的胸。没有人操心将它赶走，我们都满怀兴趣地看着它，好像它为我们提供了转移注意力的机会。然后突然，鸟飞走了，飞向附近的船坞，我希望我有一双翅膀，带我去我的归宿——我觉得最舒服的寂寞。

接下来的几天里，我们驶回蒙特卡洛，并无大事。我们在船上吃了最后一顿午间正餐。我们又喝了一瓶红酒，然后欢笑着承诺着下次再见。我正要离开船的时候，雪莉开始越来越紧地抱住我。她摩挲着我的头发，看着我叹气，摸了我的腿和胸，头靠着上面，然后说，"我爱你，我会想你。"我很遗憾，没有像她对我那样浓烈的情感，因为我已经失去了爱的能力，我已经转变成另外一个亚历山大。我感到有必要跟她解释我们经历的寂寞是不同的：她在寻找可以分享的一个人，而对我来说，是不可打破的神殿，自我沉溺的庇护所，被遗弃的孤岛，在那里寂静只是被一些熟悉的声音如风的耳语，浪的呢喃打破。它们发出谨慎的信号和谦虚的暗示：最重要的是，言语在这里不存在。

相反我说，"但凡我能爱的话，我会爱你。"

她跟着问我什么意思，我回复以其他无意义的流畅的语流，但我们谁也不知道是什么意思，我也几乎记不得……但我记得她沉默的眼睛看向我的眼睛，悲伤的微笑和她的最后的拥抱。有人可能奇怪我和雪莉之间发生了什么。如果说我们没有再见对方，以及如此美好的瞬间在一起度过却无法在别处复制，都是不准确的，但这已经不是故事的重点，因此我们将把雪莉这个角色完好无缺地放在蒙特卡洛。

亚历山大开着红色的法拉利把我送到火车站，两个人都晒得黝黑，戴着雷朋太阳镜，收获了不少好奇嫉妒的眼神，这让我们相当愉悦。我们开了会儿玩笑，间或笑笑，但大多数时间保持沉默。火车开动之时，我在窗户边道别，这次我赢得了战斗，在他举起手指之前，就用我的食指射中了他。他交叉手放到胸口，弯下脖子好像要死去，然后最后一次向我露出他美好的微笑。那确实是我最后一次见到亚历山大。

从火车上看着法国境内，然后是意大利境内的里维埃拉，我思考着我的未来。我想着我在多大程度上变成了另外一个亚历山大。但是，我们之间还是有巨大的不同：如同他所说，至少我有一个可以回去的生活，书籍和期待，热望和舒服的感觉，如果我能努力工作，一些好的惊喜会以我在现在无法想象的方式实现。然后我对比了自己和亚历山大的人生，他自我破坏的存在如何与他的信仰保持一致，而我遵从富有建设性的默认设置跟自己虚无主义的观点却完全不匹配。我意识到，最终他是我们两个中间站得更高的一个，因为他始终坚持自身抱持的哲学，而我则欺骗我自己来遵循习俗。我也知道我永远也没有勇气转变自己循规蹈矩的选择。但那时，我仍年轻，如果事情看上去不可理喻也无关紧要，因为总有未来在前方。潜意识里，我总是幻想着一些奇迹会在某处意外发生，有一天一切都会得到解释。

一个爱情故事

　　第二天，我叔叔正在叙述关于皮佐老火车站改造的著名段子的时候，马尔凯塞和我加入了。

＊＊＊

　　"我记得我们小时候那个雄伟的火车站。我们会去那里等待着从战争回来的战士或是我们那些移民到各处的亲戚回来，我们会用马车接他们。我们在那里一小时一小时地等，因为火车从来都不准点，但那是一个漂亮的火车站，在桉树下面，有个室外地滚球的场地在前面，所以我们会打球，或是看别人打球，直到火车抵达。如果火车刚好在游戏中间到的话，我们会很失望。而且那儿还有一个很棒的酒吧，有 granite[86] 和柠檬水，好吃的带萨拉米香肠的帕尼尼三明治：是真正的大餐来着。

　　但是就像很多事物一样，火车站的好日子消失了。大多数年轻人移民北方，只有老男人们还在那里打地滚球。随着时间的推移，可怜的老火车站经受了几次地震。尽管它很抗压，但经过最后一次的地震还是彻底被毁坏了，火车不再在那里经停。

　　十年以后，一位年轻时记得小火车站荣光的新镇长，花大气力筹款恢复它的往日风光。最终，为了新火车站的开幕一切都准备就绪时，皮佐人觉得有必要将此事与第一辆到皮佐的火车回归结合起来。于是，皮佐镇政府向 Ferrovie dello Stato[87] 发了一封热情洋溢的信，告知他们重建工作的完工，改造的火车站可以重新提供服务。不幸的是，意大利铁路系统回复说，尽管他们对描述的重建质量很钦佩，但因为新的铁路已经代替了旧的铁路，可以一路直线抵达重要城市，因此目前来看没有火车会在那里经过，更不太可能在世界上这个过时的角落停下来。于是，新火车站的开幕仪式举办的时候，没有任何火车，老的地滚球场地仍然可以用来打无数的游戏，然而却再也不用担心有火车来打断人们玩游戏的雅兴。"

---

[86] 带味儿的冰水
[87] 意大利铁路系统

***

"这就是我所说的战略规划！"我叔叔总结说。"看上去这可能是个奇怪的故事，但你不知道作为一个银行家，这些年我见证了多少这样的故事。你不知道有多少人不在乎先问最简单的问题就押下赌注！"

出于不明的逻辑关联，里加医生复述起他特别迷恋的中国生肖寓言，他强调说，"确实，我们在一生中有好几条命，经常不清楚我们或是其他命第二天会是什么，想要什么：真的就像中国的说法，除了像律师前几天说的那样，我们只是暂时地在那些命里呼吸，而不是连续的。你可以说我们周围的事情也是如此。人们生活在平行宇宙里，除非逼不得已，否则我们不会操心自己一亩三分田之外的任何事情，"

正当我试图剖析之前提到的生命逻辑时，教授补充说，"我同意你的说法，尽管你用的是比喻，但是在现实中还是有几分真实。我在想最近药剂师的儿子皮诺佐（Pinuzzo），那个在比萨师范大学 [88]的孩子跟我说的话。我们体验不到，但事实上不只有一个宇宙，而是由好几个宇宙交织着。根据弦理论，世界上有多重宇宙，有很多事情同时发生，但因为他们不同的存在不与彼此交互，因此我们意识不到而已。也许，我们自己有不同的人生，但我们目前只能意识到一种。或许，火车在小火车站经停，但不是在跟我们共存的一个宇宙发生，因此我们无法体验得到。"

针对这个理论，安东尼奥师傅皱起前额，挑起右边的眉毛，插嘴说，"不好意思，signori miei[89]。什么这个'鞋带'[90]那个'鞋带'理论的，皮诺佐太古怪，他都不知道怎么系自己的鞋带！"于是，这一雄辩的、具有说服力和总结性的逻辑结束了当代物理学的重要且具争议性的话题。之后安东尼奥师傅不在的时候，有人披露他对弦理论的憎恶以及对平行宇宙之怀疑的部分原因可能是因为那个药剂师在他为其提供了乡间别墅相关的服务之后还没付钱给他，但我们还是把这个形而上学的讨论留到下回吧。

---

[88] 比萨知名的物理大学

[89] 我的先生

[90] "弦"在英语中的发音 string 听上去像意大利语的 stringa，意为"鞋带"；于是有了可怜的安东尼奥师傅的困惑

　　我们都在沉默地吸收安东尼奥师傅的智慧，试图从之前的结论中提取一些可以补救的道理时，镇定地不经意间检查自己鞋带的马尔凯塞用右手食指挠了挠鬓角，把手杖从右手换到左手，打破了沉默。

　　"我也有一个与亚历山大有关的故事，想要私下里跟你们分享，我亲爱的朋友们。"

＊＊＊

　　几年前，我在生命的街道上漫游，就像现在我有时仍然会做的一样，去感知最不同寻常的情形。我意识到在青春和成年出现分水岭的那个生命的复杂时刻——我已经死了。我甚至无法想起这是怎样发生，以及为什么发生，同时，我的身体仍然在徘徊，仿佛我仍然是活着的。

　　最初，我感觉到解体带来的恶臭，但最终我习惯了。有意思的是，没有其他人注意到这变化。一次，有个人因为我不经意地插队感到很烦躁，然后他变得愈加气愤，认为我没诚意道歉。他怎么会知道，对于死人来说，这些都是无聊的小事？我正努力跟他进行对话，他靠近我想要打我，但当我用空洞的眼神看着他的时候，他停住了。我们相互盯着彼此，当他看着我的瞳孔的时候，他似乎看到一个惨淡无望的深渊，他的愤怒顿时变成了恐惧，后退并消失在人群之中。真是有趣，死人会让人们深觉恐惧！

　　当然，我当时仍然有妻子，她用侵入式的温柔和关心折磨我，告诉我说我应该更有规律地服用兴奋剂来改善心情，仿佛你只要将干枯的沙漠涂成绿色就可调节空气一样。当她看着我的时候，她仍然能在我身上看到那个早已消失的男人。有时，她的关心让我好奇我是否仍然是活着的，然后我很快地瞥一眼镜子，里面的我以身体和沉默的眼睛证实了一切，我并不觉得遗憾或是难过。我只是感觉不到任何东西，因为我死了。

　　当然，我有情人……而且不止一个。非常好的女人们，都跟我讲述我的美好事情。她们都确信她们比任何人都懂我，好像要有什么需要懂似的，但她们忽略了一个事实：我不在那里，因为我死了。这部分是我的错误，我误导了她们每一个人，包括我的妻子，我假装关心她们。我为什么要撒谎呢？这会给我的生活带来一些回忆。这提醒了我那个滑稽的青春，曾经会因闻到女人香气而产生的兴奋。并不是我怀念那些事情，但这种对比让我感到兴趣。很奇怪的是，早先驱动我

133

的事情，我现在却不再关心。但是我那时跟现在相比仍然很年轻：我那时才年近四十。

但那时，听听我发生了什么！在锡尔苗内（Sirmione）镇的 Catulle 度假的时候，我遇到了一个女人。她很年轻，三十出头，很漂亮。她的举止温和简单，表达自然，评价公平，语调自信，对于年轻的女士来说很不寻常。她的微笑很有魅力，对我来说，她像小鹿斑比一样生机勃勃，富有热情，所以我受到她吸引一点都不奇怪。有那么一刻，我忘了我已经死了的事实。

我们坐在酒店大堂天鹅绒的椅子上聊天和喝东西。我要了一杯红酒，她点的是茶。我们很愉快地交流，细节不再详述，但我们之间有些什么，既琐碎又深刻。这时突然没由头地，她问了我一个问题。

"你有没有经历过不想做什么事情的日子？"

我回答说，"当然！一直都有，不过你为什么问我这个？"

"不知道……我经常想问这个问题，但不知道问谁。你让我觉得很舒服，我想你大概理解。"

那时我才意识到她跟我一样，是死人，这也是为什么我们成为了情人。但这一次，是不一样的风流事。

这是一桩复杂的风流事。首先，她结了婚，有一个年幼的儿子。她离开在家的丈夫和孩子，因为过去的几个月，她精疲力尽，医生鼓励她休息一下振作起来。海浴在解决健康问题上甚有奇效，因为这种解决方法更有可能成功，虽然问题的核心却变得越来越难理解。因此，她怀孕后伴随的不好笑的幽默，也就是后期被称为产后忧郁症的症状，也属于极有可能通过咸湿温暖的水来疗愈的病痛之一。

第二重复杂性在于她来自皮佐和一个令人瞩目的家庭。她到这里来是因为这是一个在我们这片儿上层阶级中间很流行的地方，而且离米兰很近，这样她可以经常有时间跟丈夫和儿子相聚。这地方远离我们的同辈，当然，除非有人刚好在这里逗留。她对于来这里沐浴没有任何期待，因为她只是屈从于所属阶层的习惯，家庭医生热情的推荐以及丈夫温柔的鼓励。

第三也是最重要的一点，她不是来这儿找浪漫的。准确地说，天真的灵魂落入爱的陷阱，就像是饥饿的老鼠在奶酪面前一样坦白。但正如你非常清楚的，这些是温顺幼稚的女人，当她们毫无防备地陷入爱情时，会为那些老练的捕食者制造最大的麻烦，因为那些猎人能够残忍地杀死凶猛的狮子，却无法对他们的幼崽动手。你就是不知道怎样摆脱这些温顺的女人。你觉得抱歉，且有保护欲，你一再拖延摒弃她们的时机直到一切已经太迟，不知不觉，你也坠入爱河，深陷其中。

喝过东西之后，我提议沿着湖走一走。她微笑着同意了，但是她想要换一身更舒适的衣服。我们朝她的酒店走去，这时太阳就要在加尔多内（Gardone）湖上落下。一股凉爽的细风轻柔地带来清新的空气。周围似乎没有人，除了几只狗四处嗅着，或是猫偷偷穿过马路藏在长凳下面或树后面。一些情侣在远处散步，我们脚下沙砾踩上去的声响是唯一的干扰。

我们到了大堂之后，我提议去她的套房等她换衣服。她没有拒绝，悄悄地，我们走过大堂。我们往上走了两层楼梯，到达她的房间。那时天色已朦胧，我走到客厅露台，打开窗户。我走出去，欣赏着夜晚，以及湖上的景色。远处的镇上沿着湖岸，以及湖对过的渡船里都新点了灯光。微风变成了持续但温柔的风，弄乱了我的头发，也撩拨着她的头发，我们一起观察起夜景。

她甚至还没开始换衣服。她观望四周，好像也很吃惊自己能在这里。这个美丽的生物然后把手放在栏杆上，伸直的胳膊支撑她余下的娇小的身体。她的脖子稍微有些前倾，头低垂着。她的沉静无言，以及冥想的样子激发我内心的温柔。

当我跟她来到套房时，并没有什么花花肠子，只是出于想要跟她在一起的简单想法，不想错过跟这个美丽又真诚的女人的任何时刻。但是她裸露的脖颈，其上飘动的黑发，以及冥想的表情驱使我触摸了她的肩膀。尽管天不冷，但她却因为这一触摸而颤抖，这个颤抖促使我先是温柔地拥抱她，后来越抱越紧。她没有拒绝，拥抱持续了不知多久。她一直看向下方，与此同时，我的嘴唇触摸她的皮肤，亲吻着她的脖子，不疾不徐地，我的嘴唇沿着她的脸颊游走，直到遇到她的嘴唇，然后我们接吻。一个温柔的吻，尽管不带激情：是一个女孩会给抱在臂弯里的小布娃娃的那种吻。但那一吻之后接着是另一个，然后是越来越有激情的吻。她的身体开始屈服于我的更为强壮的身体。她也允许我越来越紧地抱住她。她把头靠在我的肩上，胳膊环绕着我的脖子，开始主动吻我。然后她直接看着我的眼睛，微蹙着问道，"我能信任你吗？"

如同负负得正，两个死人能成为一个活的灵魂。突然，我再也不觉得孤单。臂弯里拥着这个温顺而毫无防备的女人，我获得了很长时间都未曾体验过的一种力量。那天晚上，我们根本没有出去散步，而是在她的套房里度过，之后又是几个晚上。白天，我们沿着湖边散步散了很长时间，或是乘渡船到加尔达湖的另一边。在加尔达内的山顶上，我们参观了 Il Vittoriale[91]。我们到湖东边的果园，或是到山里远足寻找野生蘑菇。在这些活动期间，我们说了又说。是一种自然的交换：随性、诚实，我从来没有跟妻子或是以前的其他女人有过这种交流，我不知道她为什么能萃取出我最好的一面。

"你知道吗？我觉得我开始爱你了？"她突然说。

我不知道怎么回应，没说一句话，我用胳膊环住她的腰抱住她，我们继续在沉默里前行。大概过了一小时一刻钟，我们坐到了长凳上，俯瞰底下没有船只的小码头，在夜风的搅动下，被海浪温柔地冲刷着，也就是在这个时候，我悄悄耳语，"我也爱你。"

她给我讲自己的故事，她很年轻的时候就通过包办婚姻嫁给了一个她几乎不了解的男人。她的丈夫是个很好的人，很忠诚地对待她，但是他是通过错误的门进入她的生活。他比她要老很多，她感觉他是用钱从自己的父母那里买到她，而不是用浪漫之花征服了她。他也是一个非常实际、令人尊重、忠于家庭的男人，同时也是一个成功的商人。他从战火废墟中重建了家族企业，努力恢复家族应有的尊重和荣誉，但他在个人层面的事情上却很羞涩，也缺乏沟通。

蜜月是在米兰度过的，这也是他公司所在地。他们去了几次斯卡拉剧院（La Scala），但他心不在焉，急着在歌剧结束之前就离场，试图逃避演出结束之后的拥挤人群。他会带她去 Giardini Pubblici[92]简单地散个步，但是他们之间无话可说。他沉溺于自己的忧愁里，即使有时她问及，他也只是回答，"没什么重要的事。没什么你要关心的事。"他会补充一些没有推断的结论，比如"真奇怪，人们总是期待得到没有资格获得的东西……"或"我相信我总是竭尽全力。希望吧，有一天我们能看到结果。"

很快，这些散步显然变得没有什么理由。单独跟他妻子在一起没什么乐趣，相反是对他的时间和情感的强行征用。他能在自己的生意里找到所有的庇护。

---

[91] The Vittoriale degli italiani（意大利胜利神殿）是加尔达内小镇的一处房产，俯瞰加尔达湖，意大利作家加布里埃尔·邓南遮（Gabriele d'Annunzio）自 1922 年在这里居住，直至 1938 年去世。
[92] 公共公园

　　时间就这样一天天过去，一个男婴降临了：花了好多年才实现。但当奇迹发生的时候，她意识到妊娠期间体验到的兴奋马上被相互矛盾的情感给破坏了。为什么要给生活平添另外一重烦恼？这个可怜的孩子的生活会跟她自己的一样无足轻重吗？儿子出生之后，她抱着他走动，爱中充满忧伤，好像孩子得了不治之症，面对着一个渺茫的未来……一种叫做生活的病。她不明白周围人的兴奋，对生了男丁的祝贺，永远幸福的模糊承诺，未来的视线，含混的期待。她很快被诊断出患有产后抑郁症，或是当时被称为的任何一种病症，在儿子刚刚一岁之后的几个月，她就被送到这里做温泉浴。

　　我把她搂在怀里，为她感到遗憾。我粗心大意地许下从未许下过的诺言，有信心这些诺言一旦被讲出，随着声音在新鲜的山间空气里散去，也很快会被忘记。但是，内心深处，我意识到我对自己说的每一句话都是认真的，我爱这个无辜的灵魂。

　　她担心自己留在家里的幼小的儿子。她甚至担心为了幸福的小角落，自己背叛了的丈夫，她担心我，担心这几天的满足之后接下来会怎样。她唯一不感兴趣的人是自己。每天晚上，她都紧紧拥抱我，依偎在我的身体里，难以入眠，直到很晚。当她终于睡着，会做焦虑不安的梦。她会发出温柔的尖叫，会说莫名其妙的话。我会轻轻地抚摸她的胸，让她放松。她会深深叹一口气，然后返回到，至少，暂时返回到平静的睡眠里。

　　一次，她耳语问我："我只是你众多女人中的一个吗？"我没有回答，装作睡着了，见此状，她继续说，"我不在乎。我很感激你带给我的幸福。"

　　要到她回家的时候了，我们沉默地手牵着手，沿着湖岸散步，度过最后一天。在之前的日子里，我们担心来自我们地区的什么人会看到我们，因此避免任何在公开场合的亲密。但那天早上，我们忘记了所有的禁忌。我后背靠在船坞的栏杆处，紧紧抱住她，我告诉她我爱她，而且我的余生都会爱她。

　　"我知道！"她说。"但过了今天，你就会忘记我。我也希望你这样。我不能伤害我的丈夫，我还有一个幼小的儿子在等我。这是个美丽的梦，我希望就这样保留在心里……这个永远美丽的梦。"

　　我陪她到火车站，火车消失在远方之后，我感到一阵解脱。也许她是对的：我们要走的道路对于我们以及他人来说都会是不可能的，是痛苦的。我意识到她是对的，我也很高兴能够恢复以往皮格马利翁式的自由风格。

但这种解脱并没有持续很久。走回我酒店的过程中，我回溯我们的足迹。我经过她的酒店，也是我度过两个星期的地方，抬头看那扇窗户，我们很幸福地在那里度过永恒的几天。我看外面的那些小桌子，我们早上在那里喝咖啡，我看那些花园，我们在那里并排走路，而且我还极其渴望地摸她抱她。我回想着只是她的眼睛看向我时，只是我偷偷触摸她的胳膊时，我的幸福有多简单，这些简单的接触竟有如此大的效力。到了晚上，我意识到这不会是结局。

寂寞无解药，除非接受一个人呆着。自从她离开之后，我在感情旋涡里迷失。好多个夜晚我都醒着，想着任何她可能回到她丈夫身边的时刻。我试着为她，为他，为她的生活重返正常感到高兴，而不是生气。我回想着所有我本该再一次对她说我爱她，再一次向她展示我有多爱她的那些错失的机会。

我质疑我的决心。我能回到皮佐，把她从悲惨的生活中解决出来吗？她会希望我那样做吗？我会有勇气先解决我自己生活中的长期问题吗？我试着跟自己争论这不过是愚蠢的迷恋。她不过是另外一个美丽的女人，我很幸运能短暂地得到她的宠幸，现在重获自由，没有任何责任在肩。这难道不是爱情游戏的全部吗？我想着谁会是下一个，我试着预想新的征服游戏的味道。但没有人任何人能取代她的位置，甚至在我的想象里也不能。在多日冷静的独处之后，到我回到皮佐的时候，我已经来回上千次下定决心。最后，坐在火车上，看着意大利在我眼皮下经过，我做出了唯一现实的妥协。"等我到了看看会发生什么把！"

我一返回皮佐，就开始想尽各种办法见她。小心翼翼不被发现很难，因为她属于一个显赫的家庭，但更重要的是，这是不可能的，因为她完全不见陌生人。一天，我收到了一封来自她的信。

我亲爱的，

请原谅我打破了要在爱这件事上隔绝沟通的誓言，但我需要跟你联系，因为我觉得你必须要知道。我的月经推迟了，很确定我怀孕了。如果这成为现实，我想要你知道我会要你的孩子，我会在余生都爱他，我会抱着他或她，就像是你在我的臂弯里那样。我知道你也想要照顾孩子，但是为了他或她的幸福，请你不要这样做。让这个无辜

的灵魂在一个正常的家庭里过正常的生活吧。我和我的丈夫会照顾这个无辜的灵魂，我丈夫是一个很好的有爱心的男人。他或她不会缺任何东西。我相信这是上帝给我们的礼物，我们应该珍惜，与此同时，让我们牺牲自己的快乐来成全他或她幸福的机会吧。

永恒的爱，
你永远的
安妮塔（*Anita*）

这就是亚历山大如何出生的故事。

爱非坦途，而是蜿蜒曲折，充满寂寞。它是一种首先燃烧我们自我的力量，而且只能靠我们的无私来存活。很多年过去了，一切如初。亚历山大长大了，我也很少看到他。他是个英俊的孩子，充满活力和自信。他衣食无忧，受到家庭的保护。除了母亲，他还有一个伟大的祖母以及一个钟爱他关心他的父亲。他不需要什么，我也无法想象出除了他已经获得的，我还能另外提供什么多余的给他。同时，我自己没有孩子，我知道我永远不会再有了。我甚至不想再要任何孩子，因为我爱亚历山大和他的母亲，知道他们舒适地生活在一个滋润的家庭里，一切都不错，我已经很高兴了。

更多年过去，亚历山大离开去米兰学习，然后他母亲死于癌症，不久他父亲也去世了。也就是在那时，想要跟他联系的渴望占据了我。我发疯了似的想要知道他在那里，日子过得怎么样，毕竟他现在孤身一人掌控自己的生活。当然，我不会透露我们的关系，尽管我经常好奇怎么可能没有人注意到我们的相似性：蓝眼睛，瘦削的身材，以及我们微笑时的酒窝。我只想有机会离他更近一些，但凡有可能，给他友谊，但又不那么有侵略性。

因为他父亲去世之后，他再也没回皮佐，我联系了他的哥哥阿喀琉斯，他现在在罗马是一位成功的银行家。我用了最合理的理由，因为我要回到镇里处理一些私事，我很希望跟家里朋友的后代们重新联系上。阿喀琉斯很热情也很高兴在他住的帕里奥利（**Parioli**）[93]设了令人愉快的晚宴，我怀着不安赶到了那里。

晚宴很雅致，因为阿喀琉斯和他的妻子都在尽力善待一位家庭旧友，同时，他们也着实感激我还记得他们。两个漂亮的孩子在他们自

---

[93] 罗马的高档消费区

己的幻想世界里跑来跑去，完全独立于大人。还有一位上了年纪的深思熟虑的'贵族'过来闻我的衣服，检验我的社会地位，以及我出席的礼节。满意于结果，它躺在我身边，对着我的腿伸缩自己的爪子，好像在织面团似的。它的爪子经常会被修剪，这让我很安心。事实上，这按摩还是很舒服的，一点也不疼。很多无关紧要的事情发生着，或被讨论着，包括里拉和欧元之间的兑换，以及抗拒这种交易没什么意义，还不如从金融角度想想怎么利用这一点等等。阿喀琉斯讨论着世界的大事件，他的妻子则不时地讲孩子们的趣事，他们如何刚好成为世界上最好的生物。在开胃菜和鸡尾酒之后，晚饭上来了，晚饭带着罗马正餐的含蓄的雅致：来自北部和南部意大利的冷盘，海鲜沙拉，简单的 pasta cacio pepe[94]，撒上磨碎的黑松露，配有玛莎拉白葡萄酒的小牛肉，再加一点带有异域风情的小茴香，以及好多其他令人愉快的菜肴，构成了看上去没有尽头的晚餐。

正餐之后，依照礼仪是餐后酒，其中包括威尼斯果渣白兰地。也就是在这个时刻，我设法鼓起勇气把亚历山大带入到了对话之中，随意地问道，"你弟弟怎么样？"

从反应来看，我马上就清楚不会听到什么好消息。

阿喀琉斯很快变得深思熟虑。他四周打量，看孩子们是否在听，然后在看了妻子一眼之后，转向我说，"亚历山大得了艾滋病（AIDS），他现在在米兰的医院里。"当时我不熟悉艾滋病是什么（90 年代中期），我谦虚地问那是什么病。

阿喀琉斯站起来。"这是一种新型疾病。他们说是来自 acca vu[95]的一种病毒，会感染血细胞。如果你感染了的话，会无法抵抗传染。"

我问他从哪里染了这个病，他看起来很尴尬，说"我不知道，他们说同性恋会在性行为过程中会患这种病，但亚历山大不是同性恋。他大学毕业之后就过着很混乱的生活。我跟他没怎么联系。这不能赖我。我爱我的弟弟，但他一直在逃避。孩子们出生的时候他来看过，但之后就再没有出现。很难追踪他的行踪，我只是通过朋友的朋友才知道他住院了，我甚至不知道他是否希望我去看他，或者他是否会耻于见我。"

---

[94] 带奶酪（佩科里诺奶酪）和胡椒的意面，阿尔弗雷多白脱奶油面（Fettuccine Alfredo）的真正
[95] 意大利的发音方式，将 HIV 发成 HV

　　"最终我去了。我发现他心情不错，好像他从生活给他的沉重期许中解脱了一样。他让我振作起来，我们聊了很多以前的事，我们在儿童餐桌旁的争执，以及谈及我们愚蠢的表兄妹。他还谈起我们的一个表姐，那个我们年轻时很喜欢的女人！他问我是否知道她的近况。讽刺的是，我从来没见过他这样幸福放松过，尽管他得的是一种不治之症。我问他是否需要钱或是其他帮助，但他看上去状态很好，被一些成为医生的好朋友们照顾着，而且他也继承了丰富的遗产。他因为不同的传染进出医院好几回，医生告诉我说他的情况要比同类病人扩散得更快，他的淋巴细胞很低。也就是说，看上去他很快就要死去。

　　"有部叫"费城故事"的电影刚刚出来，汤姆·汉克斯演的。讲的是一个患了艾滋病的男人。我听说有这部电影的时候，就去看了，我想要了解弟弟的情况。那是一个很感人的故事。尽管亚历山大过着不检点的生活，他告诉我说他从来没有过同性恋关系，也从来没有吸过毒。他是通过非保护的性行为患上这病的，他甚至知道传染给他的女人是谁。她不知道自己已经染了病，后来她才知道是在一次随意的性行为中从一个通过静脉注射吸毒的男人那里感染得来的。

　　"我这样谈论艾利克斯的感觉太不可思议了！但这是他的故事。我希望您能理解和原谅他。他一直是个好人，没有伤害过任何人，尽管我们没有那么亲近，但是我们能感知彼此的存在，知道彼此会为对方在而感到舒服。当他去世之后，我将会是这个家里留下的唯一一人。"

　　亚历山大突然结束了充满感情的断断续续的描述，盯着我，审视我的反应。要解释我此时的感觉是不可能的。你看，我们年轻的时候会犯错，到我们越来越老的时候会为此付出代价。我一生都极度痛苦，因为我被迫与自己的儿子分开。现在，我本有机会对他有点儿作用，有机会发展一下我们的关系，但我却听到他就要死去的消息。我什么都说不出来，阿喀琉斯猜想我可能在保留自己的评价，同时在寻找语词来优雅地给予的肤浅的同情，以掩饰自己的轻蔑。最终，我从自己的反思中回过神来。

　　"很抱歉听到这一切！你是对的，他是一个善良又慷慨的灵魂。我没有什么机会亲近他，但我确实看着他长大。如果你觉得他能接受的话，我很希望探望他。反正近期我必须得在米兰处理一些公事，我可以顺便过去。"

　　"我很确定他会对此感激的，"阿喀琉斯回应。

亚历山大已经在私家医院的房间里呆了两个周。看上去每次他从一次感染中恢复过来，另一次就随后发生了。当我走进房间的时候，心被猛烈地锤击了。一个女人在他床边坐着看书，亚历山大则在打盹。她有一张天使的面孔，有那么一秒，我好奇她是真人，还是亚历山大的保护天使。

悄悄耳语，我介绍自己是一位家里的老朋友，刚好在米兰。她笑着看我，用一口蹩脚的意大利语说道，*"Io sono Ophelia, amica di Alessandro. Alessandro dormire adesso. Stato sveglio tutta notte.*[96]*"*

透过窗帘射进来的阳光轻柔地落在她纤细的嘴唇上，让她略带犹豫的微笑更加光彩夺目。随后的寂静之中有些许柔软舒适，仿佛我们在一个神圣的地方。我看着亚历山大安静地熟睡。自我上次见他，他几乎没变，除了一些紫罗兰色的斑块：一个在他的左脸颊，部分被鬓角遮挡，一个在他左前臂，另外一个在他的胸部。他英俊的卷发最近被修剪，他也一直在剃胡子。我很想触碰他的手，抚摸他，但我克制住了，提醒自己我只是他家的一个老朋友。

我对她微笑，用我蹩脚的英语告诉她，"如果你愿意的话，可以休息一下。我可以在这里呆一会儿。我一整天都没什么事。"她似乎懂了，脸上报以同样温柔的微笑，她收拾了几样东西，把它们放到一个很小的钱包里，头也不回地离开了。

我在她曾经坐的地方坐下。椅子还是暖的，安静更加持重地蔓延了整个屋子。我环视四周，屋子光秃秃的，没有鲜花，没有照片或是其他让人舒心的东西让我感喟。这只是一个整洁的房间，临窗布置了床和沙发，从那里可以向外看到拥挤的街道，隐约听到远处人和车的噪音，使得室内显得愈加安静。

时间在流逝。我挪了挪原本跟亚历山大平行的椅子，从他那里将脸转过去，好让我第一次从近距离来观察，我的儿子。我开始回想……回想他的母亲，那个温柔的阿妮塔。我羡慕她的强大，可以这么多年来阻止我见她和她的儿子，为儿子带来平静和家庭。我想着这做法是否是对的。在我们的年代，我们那个地方，无疑这不仅是对的，而且是唯一的选择。

我回想起我的痛苦。我记得自己觉得这个小女人是如何的前后矛盾。我知道她一生都把爱献给了我，但她却躲着我，就像是飞蛾渴望

---

[96] 我是奥菲利亚，亚历山大的朋友。亚历山大现在睡着了。他晚上都醒着。

光亮，却躲进深夜，逃避日光。我回想起我的孤寂：沿着岸边长时间散步，想着她和儿子的近况。我回想起我的嫉妒、冷漠、后悔……所有这些情感汩汩地从我遭到诅咒的生命潘多拉之盒流出来。

我觉得内疚，但说不出来原因。是因为抛弃吗？上帝知道我有多希望能照顾他。我只是受阻不能这样做。是懊悔在错误的情况下创造了他吗？但那真的是特别坏的情况吗？最终，他对此一无所知，在最显赫的家庭之一过着最受优待的生活。又或许亚历山大无意中察觉到他从来没有一个亲近他的真正的父亲？我是因为在他父母过世之后，在这个灾难出现之前没有更早地联系他而感到内疚吗？但我能怎么做呢？我如何为自己的插手来辩解？我内疚是因为自己给了他令人讨厌的堕落基因这个不安的想法吗？我依照自己的样子创造了一个怪物吗？

然后我想象着他的母亲在那里看着我们——头一次，从天上，看我们两个在一起，用她可能拥有的任何什么力量来祝福我们。

我坐着看护着亚历山大睡觉时，这些以及类似的想法让我的脑袋里面转个不停。

这些沉思本可能永远进行下去，如果不是亚历山大突然睁开眼睛的话。他看向奥菲利亚本该在的一侧，发现她不在，随即盯着我。

迟疑了几秒钟之后，他立即笑了，热情地用低沉而愉快的声音说道，"实在是惊喜啊，阁下！您怎么来了？"

"我从你哥哥那里得知你病了，因为我在米兰有些私事所以想着过来探望。我是你父母的好朋友，我想着他们在天上应该会希望我来看看你，看你是否听话！现在告诉我，我能为你做什么？"

跟我热络起来之后，亚历山大直言实情。

"亲爱的马尔凯塞，我要死了。看上去我得了很严重的感冒！带有耻辱的感冒……一个朋友的妹妹因为已经扩散到肺部的晚期癌症进入临终看护期。我多年没有见到她，所以给她发信，告诉她我知道这不容易。结果人家告诉我，她觉得受到了冒犯，因为我试图联系她，并将她的癌症跟我的肮脏的病相提并论。事实上，我只是想到了我的母亲，她遭受了同样的病痛。她没有给我回信。

"这种歧视确实击中要害。人们现在看我的眼光都不同了，除了少数几个忠诚的朋友以及温柔的奥菲利亚，她得知我的状态之后从美国赶过来，跟我一起住，再也没离开过我。结果就是，我很开心地躺在这里，像卡夫卡注定变成的甲虫，像那些经常从冬眠中醒来的蝉，十多年来在地上，到处交配直到翻了个身，爬了几步之后立即死去。也许这是堕落的毫无意义的存在所应得的惩罚。

　　"你知道，我一生都在地平线背后驰骋，在日光和黑夜之间的暮光里穿越。所谓现在于我而言，不过是未来变成过去的时刻，梦想、希望和恐惧变成回忆、怀旧和痛苦的时刻。仿佛我从未过过自己的生活，更像是处在颠簸的生活之流旁边的看客。现在我马上就要接近生命的尾声，我意识到没有什么富有逻辑的结论。我意识到生活可以很消极地展开，不需要遵循逻辑的进展，只不过是一系列毫无关联的事件来填充事件，直到表演结束。追寻意义是无意义的行为，因为从一开始一切就毫无目的。"

　　停顿了一下，他继续，"有时候我感到一股冲动上来，想要写关于我人生的故事，只是因为它莫名其妙，只是想要跟人们分享它的绝对空虚，让他们知道没必要一个人在绝望中独自徘徊，意识到一无所有对于我们能欣赏的多得多的灵魂来说是一种陪伴。在存在的黑暗迷宫中游走没什么可羞耻的，我们也不能为自己挥霍浪费了的存在而感到羞耻，因为我们没有什么选择，生活于我们是无路可选的。圣经就像一座山，不会被冲刷成海。它会在那里挺立很久，远远超越我们的生命。有时严厉，有时费解，有时有敌意，但它汇集了来自好多智者的想法和遗产。我的寓言故事会成为人性遗产的很小的一部分，但是如果我为别人留下这个的话，也许他们会因为知道自己不是一个人而感动。

　　"我希望我能怂恿你写一部小说，一本充满你的反思和回忆的书。"我说着支持他漫无边际、无拘无束的想法。"你知道；教授现在退休了，他是一部 *a la reserche du temps perdue*[97]，尤其是他钟爱的学生，你就是其中之一。我很确定，他可以时不时过来探望你，帮你写你的回忆。"

　　那是我们拥有的所有的时间。奥菲利亚回来了，站在门口。如果我呆的时间太长会让人尴尬的。离开之前，我握了握他的手，在他看来，很明显我犹豫着不想放手。

　　我要离开时，亚历山大低语道，"不要为我难过！我一切还好。我获得了倾尽一生想要的东西，那就是在遗忘中消失。我从来都没有

---

[97] 《追忆似水流年》（Remembrance of Things Past）；马塞尔·鲁斯特（Marcel Proust）的小说

勇气自杀，但现在死亡温柔地轻轻地来了，我很高兴要接受它，返回到我来自的空虚，那也是我一直的归宿。"

我承诺会回来，事实上我也确实又来了几次，因为生意让我更频繁地回米兰，这实在不像是退休绅士之举。但这种行为的尴尬意味从来没有让亚历山大警觉。相反，他尽力不停感谢我跟他保持亲近，忽略他称之为"令人羞耻的结局"所带来的禁忌。

最后一次我看到亚历山大，他很痛苦。但是，他还是以热情的微笑，带着那两对熟悉的酒窝接待了我。在我离开之前，我紧紧握住他的手，防止他落入无尽的黑暗。他笑了，再一次让我安心，"不要为我担心，我很知足。"然后在腹痛的痉挛之间，他看过我的肩膀，穿过窗户到沉默的蓝色天空，再到漠不关心的云彩，不再寻找什么答案，而只是寻找一个信号，或是来自**上面**的任何东西。

***

那天晚上，到家以后，朱塞佩先生收到了一条信息，多日没有听到他消息的妻子打了好几遍电话，坚持他应该回复她的电话。他犹豫地走向小房间，想要寻找一处安静的角落来完成这可怕的对话。他被皮佐倦怠无力的生活迷住了，以至于无法被抛回到以往的现实，也无法面对他妻子试图强加给他的毫不含糊的对话。在他看来，最近他似乎一直在浩瀚的大海上冲浪，被海浪推着，仿佛自己是一个被寂寞的幸存者扔出的漂流瓶，试图发送没有人在意读的信息。在过去的两个星期里，他以第三人称承载的皮佐生活很适合他：宽容的态度，缺乏决断的期待，冷漠的节奏所归于的静止。永恒本会是绝对，如果没有教堂的钟声提醒时间进程的话。

谈话一开始就以错的方式开场，很快就偏离轨道，因为他的妻子预先制止了任何道歉，不依不饶地问他为什么过去的几天都不耐烦打电话，甚至不耐烦回她的电话，为什么他只回复她的电子邮件，尽是简单琐碎的表达，他这么不屑一顾到底想要给她传达什么信息，以及其他一些类似的问题。尽管从她的角度看可以理解，但却让可怜的朱塞佩已经困惑的脑袋变得越来越不舒服。

他本愿意解释在街上游荡的狗，寻找过去的鬼魂，在袋子里翻腾的鱼，老朋友们，强盗和谋杀，自杀和祖先的肖像。但他知道分享自己在过去、现在和未来之间的困惑，引发其他不确定的争论是不会说服自己妻子的果断严厉的逻辑的，也不会说服她认为决心产生行动，以及效果是明确原因导致的直接结果等信念。

他也想要解释关于唐·皮诺，马尔凯塞，以及高贵的错误和错失的机会，还有关于律师和他在咳出半杯黄绿色痰之后，以资深外交官的冷静将其吐到手绢里，并优雅地折起来的习惯。他也想解释关于蒙古的无尽平原，以及村里的蠢人和其他一些疯狂的人以一种费解却合法的理由离开……他也想要分享所有这些影像是如何聚集到他头脑中那个抽象的天篷上，他们是如何顽固地留在他的记忆里，成为他自己想法的主要部分，让他沉浸在皮佐的幽僻里，而无法分神操心焦急等在大西洋另一边的其他现实。

但他甚至无法开启这个话题。他的头脑像是僵住了，无法明确描述令人信服的句子。一切似乎都太抽象，触摸不到，无法整合成具有逻辑的论证。

于是，在她又问了他一次"你怎么不给我打电话？"之后，他只是低声道，"我不知道。"

电话在另一头被挂掉了，随之而来的寂静对朱塞佩来说无疑是种解脱，他恨由于不作为而被迫接受任何损失时发生的对峙。他同时感到满足，因为这再次印证了他无法被理解的事实：生活最好是自己过，他应该充满嫉妒地保留最关键的唯一的关系——自己跟自己的关系，跟那个最能理解自己的存在。怀着这种自恋的自我确认，朱塞佩先生离开了小房间，走到厨房，打开冰箱，为自己倒了满满一杯 Critone 酒。

当他母亲问他美国那边怎么样时，他冷冷地回应，"*Tutto bene…… ottimamente bene！*[98]"

紧接着晚餐，在唐·皮诺洪亮的声音连同其和蔼可亲的个性一同从桌子上消失，夜晚重新进入冥想的状态之后，朱塞佩先生走到小房间，远离亲戚们，寻找他的祖先们的沉默陪伴。他右手里拿着一个水晶杯，内有几滴果渣白兰地。他小心地把杯子放到桌子上，接下来同一只手搭到座机上。他想要给妻子打电话，向她道歉，但在试图为其行为组织令人信服的理由时又犹豫了。突然，他的手松开了电话，又拿起了酒杯。他站起身离开房间的同时把果渣白兰地一饮而尽。他忽然想通，自己无法准确表述一个合理的解释，其实与要跟妻子对峙时

的瞬时惊恐和心理障碍无关。更准确地说，是因为他根本就没什么好解释的，没有什么了不得的情况能救赎他的行为，因为他的人生没有任何连续的逻辑，他的行为只不过反应了这重现实。他意识到没有什么令人信服的理由能给到他妻子，因为他的整个存在，是无法控制的诸多事件纠缠在一起导致的结果，是被动接受的结果，是对偶发事件的回应而不是自由意志决定的结果。更重要的是，他接受了根本没有可预见的解决方案这一点，因为他永远也没有办法找到所需要的决心来改变自己的命运走向。

尾声

在记录事件上，我可能本该做得更好。我意识到，因为我在写小说上没什么经验，这个故事写得颠倒，从结局到开头。我之前在准备科学评论时曾用过这种策略。我喜欢先呈现结论，然后再分析导致这一结论的步骤。但另一方面，这不就是生活的方式吗？在很多方面，真正的生活都是从黄昏开始的，在这之前的都不过是准备而已。生活本质被揭露的那一刻，如果有的话，都是在最后，当大部分都过去的时候。只有到了那时，我们才希望重新检视那些看上去极为琐碎的一系列事件，那些我们年轻时代很少去注意但却是通往最终结论的经历。只有到了那时，我们才能辨识出超越时间线的连续性，我们才希望在衡量自己存在的意义时，达到因与果的和解。

在现实中，一些人的生命是重要还是无关紧要，是由其衡量标准决定的。若以永恒性来衡量的话，即使成吉思汗的存在也看上去微不足道。若干年以后，亚历山大的故事，就像我们所有人的故事，都会停止存在。然而，坐在皮佐小镇的 tavolino 桌旁，亚历山大的艰苦历程对我们来说，是鲜活可触的，如同来自山泉的清水出现在空空如也的手上一样。

亚历山大的编年史是混合的，这也只有他自己才知道。这段记录本会消失，他的记忆本会在被浪费了的人生中逐渐淡化在同情和蔑视里——如果不是在命运的转折下，马尔凯塞鼓励他向教授坦诚的话。当然，这些笔记无法完全救赎他的堕落，但它至少提供了有关他个人存在的更深基础，如同多年前亚历山大父亲预言式地指出"一株只开花不结果的植物"那样的存在。我相信，尽管我们都猜测他的神秘人生在我们眼皮底下还有多少未经勘探的过去，但是我们同样也好奇每个人的生活中又会有多少经历会埋在永恒的床单下面。

还是让我们来到故事的结局吧。

在皮佐呆的两个星期的最后一天，我在缪拉城堡见马尔凯塞。我们按惯例喝了杏仁牛奶和卡布奇诺咖啡，但是之后我们没有走向 tavolino 桌子，而是走了一条陡峭的来自 Chiazza 广场临海一面的被称为"la salita dei morti"[99]的斜坡。之所以如此命名可能是因为这是一条前往墓地的路，墓地就在山顶，如同美洲豹从巨石处巡视它的王国，耐心地等待猎物一般。一步步缓慢地爬着，我们到了最高点，然后继续在平路上走，最终来到永恒安眠之所。

进入墓地，来者很快就会被围绕大理石墓碑的安静平和所感染，树荫之下，这里经年未变。松柏在微风的吹拂下散发出针叶树的清香，这风仿佛是领受上帝的旨意，带来一丝欢快，缓和此处的严肃与悲伤之感。

距离门口右方几步之遥矗立着一处小礼拜堂，门上并无名字。在那里，亚历山大跟他的祖先们一起安眠。

马尔凯塞轻轻地推开实铁铸成的门，为我们的进入，为那些唤回亡者回忆的微光开了路。覆盖有大理石的椭圆形隔间上，我们能看到祖母的名字，亚历山大父亲和母亲的名字，以及亚历山大的名字。缓缓地，一次一个地，好像他们是一部电影结束后出现的演职人员名单。

我一边挽着马尔凯塞的胳膊，一边想着他们的遗体埋在哪个方位。哪个是头儿？信息的缺乏让我很烦闷，仿佛细节是我与老朋友重新连接的唯一障碍。

眼睛适应了黑暗之后，我注意到亚历山大墓碑基地的鲜花：一些新鲜的剑兰，在角落还有一束栀子花。我还注意到，在他母亲匾牌的底下，有一朵白玫瑰。这是一朵悲伤而孤独的花，不如其他花新鲜。我问马尔凯塞这些花是从哪里来的。

"我尽可能常来这个墓地。这是唯一能转移我注意力的地方。有时我早上来，有时下午来。如果我有劲儿的话，我会再多走一公里到苗圃去买花：五彩缤纷的给亚历山大，白玫瑰给安妮塔。当然，我也觉得我应该给其他逝者买花，但我觉得这可能不会受欢迎。但这些鲜花不是我买的。我不是唯一来这里的人……"

事实上，几分钟之后，当我们沉浸在自己的思绪中时，门吱哑一声，开得更大了。更多的光射进小礼拜堂，随之一位六十岁左右的女人出现了，虽然优雅得有些僵硬，但看上去仍然很美。我正试图回忆这个熟悉的面容，她说，"太高兴又见到你了，周塞佩。好久不见啊！"

---

[99] "死人之山"

是奥菲利亚，她右手捧着红色的康乃馨，伸出另外一只胳膊给了我一个拥抱。"马尔凯塞实在是太好了，我去皮佐的时候，他让我呆在他乡下的别墅，我一直在充分利用这个礼遇。我没有其他地方可去，皮佐是个美丽的地方，就像亚历山大描述过的一样。"

我们三个坐在小礼拜堂的入口。过了一会，她起身从角落里拿出来一把扫帚，先是扫里面的地，然后是外面的，我和马尔凯塞在旁静静看着。然后她又回来跟我们挨着坐。她盯着我说，"你还是那个看上去粗鲁的年轻人，就像我在蒙特卡洛看到的一样。雪莉最终再婚了，你知道吗？她现在有两个孩子了。她在美国很开心，但经常提起过你。你应该找个时间给她写信。"

我笑了，回答说，"我会的，有一天。"

稍后，我毫无保留地说道，"在我们所有人之中，我最羡慕亚历山大。他是唯一一个跟他的信仰保持一致生活的人，而我们却日复一日地妥协。我们相信我们在做正确的事，牺牲了我们自己去遵循已经被社会智慧预设好了的道路。我们像提线木偶一样生活，受看不见的、我们害怕打破的习俗之绳牵引。他明白生活没有开始或结局，没有因或果。生活在那被我们称之为时间的消极河流之外并没有任何意义。跟我们不同，他不对自己撒谎。他做了我们没有勇气去做的事：他直视空虚，通过创造更大的空虚来反抗它。我为我的朋友感到骄傲。"

紧接着我的话，马尔凯塞傻笑着说，"没错！他现在可能是幸福的，肯定比生前幸福。"

然后马尔凯塞抓起放在大理石长凳旁的手杖。他起身宣布，"该走了。"奥菲利亚在一边，我在另外一边，各自扶住马尔凯塞的胳膊。他仍然沉浸在自己的想法里，没有反抗我们小心翼翼的逢迎，允许我们导引他。我们离开墓地以后，他摆脱了我们的搀扶，恢复了手杖的功用，走到我们前面，走向活生生的镇上，走向老 Chiazza 广场，在那里，他那些幸存的朋友们在等他。

***

那天上午晚些时候，在一股想要忏悔冲动下，我在 Spuntone 见了唐·皮诺。我们在面朝大海的一张长凳上一起坐下来，我甚至不想列举半个世纪以前，自上一次忏悔以来犯下的所有的罪，提及那些的话太多实在太无聊，于是，我专注在最大的一桩罪……塑造我存在的邪恶：信仰的缺失。

我说，"不只是缺乏对上帝的信仰，而是一种更大的苦难。我不相信我的婚姻，我的事业，我的关系，人群的熙熙攘攘，日出日落，星星和银河。在我看来，一切都像是幻觉。我无法与大多数人能共同体验的现实事物产生共鸣。医生说这是器质性抑郁症，给我开了一些能让我睡眠好一些的药。但是这种药物最多就像是你的主祷文和万福玛利亚一样。事实上愤世嫉俗不是一种病，而是坐在司机席位上进行掌控的现实——不仅对抗上帝也对抗生活自身的邪恶。就我所知没有任何解决方案，我也不相信有什么忏悔或是原谅，因为我知道我永远不会改变，不是因为我不想，而是因为我不能。"

唐·皮诺深深叹了一口气，交叉双手置于胸前，说，"*Ego te absolvo a peccatis tuis in nomine Patris et Fili and Spiritus Sancti*[100]，阿门。卡罗·朱塞佩，你是对的。你的问题也许难以解决，你的罪也是无法忏悔或救赎。如同基督一样，你会背着你的十字架直到生命尽头。但我知道万能的上帝，仁慈的上帝会看到你在挣扎，会理解你好的动机。我确信如果你之前没有办法找到他，他会在合适的时间来找你。他会张开臂膀，在天堂之门等你。你不需要现在担心，你只要尽你最大的可能努力做就好。你的罪是一种无法被任何实用的或是精神的解药医治的，但是你应该应对它，如同每个背着自己十字架的我们都应该做的那样。但是……"他继续，"作为一位看着你从小男孩开始长大的老朋友，如果我能在更实际的问题上给你一点的建议的话，那就是你在精神课题上的不可知论是正当的，可以被接受的，因为这不会影响到别人，只会影响到你自己。但是，这并不适用于实际问题。在这个世界上，你不能设想认为不做决定就不受指责。我认为你的懒散是以自我为中心。它甚至是你用来保护自己避免接受生活挑战的借口。因为你无法直面小问题，所以你的问题变得越来越大。很多人会因为你的长期拖延而痛苦、受罪，尤其是那些真正关心你，没有抛弃你的人。费边·马克西姆[101]（Fabius Maximus）胜了汉尼拔（Hannibal）是因为他有计划和目标，但是你的目标是什么呢？如果也是幸福的话，你就必须争取自己的喜悦，把别人从达摩克

---

[100] 以圣父、圣子、圣灵之名，我宽恕你的罪

[101] 罗马政治家和将军，被称为拖延者，在第二次布匿战争中，部署军团以拖延战术应对汉尼拔，聚焦于供应链，避免正面迎战，直到敌人筋疲力尽。他被认为是游击战之父。

里斯 [102]之剑下解脱出来。自私是需要勇气的，但最终，这对那些将幸福寄托于你身上的人来说是最好的。如果在你控制范围内你感到不幸福，运用你的力量，让自己知足。不只是看在你自己的份上这样做，更要从把别人从苦难中解放出来这个角度来做，但如果你决定不做，不愿意为了他人的幸福牺牲自己的话，那么同样地，全心全意这样做，坚守这个选择。你可能会好奇我怎么知道你脑袋里想什么。我能告诉你的就是，一个好的牧羊人了解他的羊群。"

***

不幸的是，我没有像应该做的那样珍视唐·皮诺的训诫。我宁愿听到的是对我的罪的原谅，我看到天堂之门在我面前敞开，同时作为一个卑鄙的人，继续陷入自我沉溺、拖延的自慰式的存在，期待意外的解决方案。

但是，我仍然满怀喜爱地记得在皮佐和那些智慧老人的日子。

如今，意大利已不再是往日的意大利。古罗马大斗技场和圣马可广场还是在它们应该在的地方，比萨斜塔也一直倾斜着。Chiazza 广场和猫吧的冰激凌也是如此；城堡及其乌鸦和蝙蝠也是如此；翁贝托一世的雕塑与其大胡子也是如此；Chiazzetta 及其猫猫狗狗和它们单调的生活也是如此。但是智慧的老者被时间的流逝削弱，被教堂无情的钟声分割。他们这个物种正在走向灭绝的道路上。年复一年，有一些已经不来猫吧了。大多数停了是因为有正当的理由，比如心脏病发作，中风或癌症等不治之症。另有一些托辞却显得没有那么合理，令人费解，比如说受伤的臀部需要卧床休息和一动不动，但这又反过来引起凝结，最终导致心脏停止跳动。最差劲的理由也被诱发了：无法强壮、缓慢衰退、皮佐的健忘、他们朋友的健忘。

派对结束的时候，没有几支舞蹈剩下了，我们一边珍视残留的欢乐，凭直觉知道即将来临的结局，一边从眼角观察到熟人的离去，看一切变得稀薄。同样地，一次一个，智慧的男人们消失了，越来越少的人仍然在 tavolino 桌子边集合，以茴香酒，柠檬水或是卡布奇诺咖啡的形式品味生活的最后几滴。没有人敢问马尔凯塞、教授、安东尼

---

[102] 一位叫做达摩克里斯的轶事人物，坐在上方仅用一根马鬃悬挂着的利剑的王位上，其寓意在于权力伴随着焦虑和风险。

奥师傅以及其他那些年老智者的近况，因为答案，无论多么明显，都会是令人痛苦的确凿。人们宁愿避而不问，不去深究，仿佛从现在到过去，从当代到古代的转变，都能永远被搁置。

但是现在是我回美国，要跟智慧的老者们说"后会有期"的时候了。是时候把他们放回到他们应属的过去，想象着他们仍然活在小宇宙里，他们曾活过，或许这里仍然会兴旺。生活就是这样，只要他们的那个团体还在那里。生活的大多数病痛及其错综复杂将继续会被海边小镇的这些智慧老者讨论和被综合解决。不幸的是，这些极富洞察力的解决方案将会继续埋藏在世界的无知之下，这个世界没有意识到这样的财富，为我们展露的尽是苦痛和折磨。我担心未来那些意外发现这些书页的人想要拜访皮佐的智慧老者，亲身体验智慧的金矿的时候会大失所望，因为他们中的大多数已经离开前往更好的芳草之地，那里不再需要他们的智慧，他们最终可以在应得的平静中安息。

***

飞机迎着太阳爬行升空，自卡拉布里亚（Calabria）海岸，在桑塔乌费米亚海湾之上，我们的访客透过舷窗俯瞰皮佐。这个小镇看上去并没有"微笑"，而是沉溺于自己的生活，从远处看，慢慢地恢复到小人国的比例。

当朱塞佩先生变身为令人尊敬的美国科学家时，我们的访客意识到他没有解决任何一开始试图解决的问题。与最初的想法相反，他没有直面任何问题，而只是把它们置于脑后，被小镇生活分了心。但重新回到老麻烦的想法没有让他动摇，因为那两个星期给他这样一种印象：时间会解决一切问题，无论有多可怕，只需让所有的一切变得无关紧要…最终就会得到答案。

完

本文学小说作者为弗朗西斯科 M. 马林柯拉
（Francesco M.Marincola），
译者为侯燕俐，由乔治·帕特利亚卡（George
Paraules Organization 监制，
由陈静怡编辑，由姚露评论推荐。